Vladarg Delsat

Esperanza en Cada Paso

2024

índice

Queridos lectores,

En el mundo de la adopción, el acto de cambiar de nombre es algo más que un gesto formal: simboliza un nuevo comienzo, una nueva identidad y la esperanza de una nueva vida. En Rusia, en particular, no es infrecuente que los niños adoptados cambien no solo su apellido, sino también su nombre. Esta práctica suele utilizarse en el caso de niños que se enfrentan a retos particulares, como discapacidades.

La historia que están a punto de leer, es la de una niña cuya vida da un giro dramático tras una adopción. Esta niña, que nunca recibió el apoyo necesario en su entorno funcional, experimenta de repente el amor y los cuidados incondicionales de una nueva familia. El cambio de nombre que sufre simboliza su transformación y la aceptación de una nueva identidad en un entorno amoroso.

Es importante comprender que el niño puede no recordar el proceso de adopción en sí, especialmente si se encuentra en un estado emocional difícil en ese momento, como la depresión. Estas decisiones se toman a menudo por consejo de asesores preocupados por el bienestar del niño.

La historia que presentamos aquí, aunque refleja condiciones reales - en particular las diferencias en el tratamiento de enfermedades raras y discapacidades en países como Rusia y Alemania - es ficción en esta forma. Se basa en ejemplos reales, pero los acontecimientos y personajes concretos son inventados. A través de esta historia, no solo queremos poner de relieve los retos a los que se enfrentan los niños con enfermedades raras y discapacidades, sino también mostrar la luz de esperanza y renovación que puede aportar la adopción.

Esta historia podría haber ocurrido en la vida real, pero sigue siendo una construcción, diseñada para suscitar empatía y comprensión y para poner de relieve las luchas a menudo invisibles de estos niños. Es una ventana a un mundo que muchos de nosotros no conocemos, pero que sin embargo forma parte de nuestra sociedad. Es una invitación a ver el mundo con otros ojos, y quizá a comprender lo profundamente que un acto de amor y aceptación puede cambiar la vida de una persona.

DE REPENTE ME DI CUENTA DE QUE ESTABA VIVA Y ABRÍ LOS ojos. Algo pitaba a mi izquierda. Significaba que estaba de nuevo en cuidados intensivos. Respiraba con facilidad y el oxígeno zumbaba ligeramente dentro de mi mascarilla. También pensé que significaba algo, pero no estaba segura de qué exactamente. La mascarilla sugería que estaba muerta. Sabía que iba a morir pronto, lo sabía desde hacía mucho tiempo, y... No me importaba, solo quería que fuese rápido porque estaba cansada. Recordé que me llamaba Mariana. Era el nombre que me habían puesto mis padres... Se me llenaron los ojos de lágrimas y no pude resistir las ganas de llorar.

Quedaba algo de tiempo antes de que llegaran los médicos y se enteraran de todo por los monitores. El padre de Katya solía decirme que los monitores te lo cuenta todo. Cuando alguien muere, todo el mundo empieza a alborotarse, recordaba... Pero aún no había médicos, así que... No sabía lo que eso significaba. ¿Podría ser que me hubiera muerto por un tiempo? Entonces iban a venir ahora. Si había muerto... ¿Por qué me trajeron de vuelta? ¿Para qué? Volví a tener ganas de llorar, así que seguí recordando cómo había empezado todo.

Tenía unos cinco años cuando nos dimos cuenta de que me salían moratones de la nada. Luego, de repente, empezaron a dolerme los dedos. Se doblaban hacia atrás y me dolían por alguna razón. Entonces era una niña pequeña y no entendía que lo mejor era ocultarlo, así que me quejé a mi madre por aquel entonces. Mi madre se preocupó y me llevó al médico. Este me examinó los brazos, me miró a los ojos llenos de lágrimas con indiferencia y dijo que no podía dolerme como yo decía, así y que me lo había inventado para pedir algo. Mamá se enfadó mucho y me llevó a casa, donde me quitó... bueno... todo para hacerme daño con una especie de palo. Sangré porque mi piel era muy fina: se veían todas las venas a través de ella, sobre todo en el pecho. Me dolió mucho y, por supuesto, grité. Pero después del palo, me dolía menos donde siempre solía dolerme, durante un breve período, claro, así que me di cuenta de que era lo correcto. Si hubiera sabido cómo acabaría todo...

Antes de ir a la escuela, hacía todo lo posible para no gritar de dolor. Más tarde, empezaron a castigarme con un cinturón ancho que no me hacía sangrar, pero también dolía mucho. En cambio, no me dolía tanto orinar después. Siempre había sido pequeña -incluso ahora aparento ocho años, aunque tengo trece-, así que supongo que no me pegaban demasiado a menudo, solo un poco, para que no me inventara nada. Cuando tenía ocho años, incluso empezó a gustarme que me castigaran, porque después era más fácil respirar. Ya no me resistía y acudía de buena gana cuando querían disciplinarme.

Había una chica llamada Katya en nuestra clase, su padre me salvó la vida. Aunque nunca entendí por qué. Katya también tenía la piel fina y los dedos doblados, pero le creyeron, y cuando me quejé de mi dolor, me enviaron a... un psiquiatra. Por supuesto, ahora sé que era un psiquiatra. Pero entonces, estaba entusiasmada con el médico, y se lo conté todo, y él... Me mintió. El médico dijo que me pondría mejor y escribió en sus papeles que yo imaginaba cosas y que me iban a tratar con inyecciones. Las inyecciones eran muy dolorosas, incluso más dolorosas que un cinturón. Pero después de las inyecciones, era más fácil respirar y no me dolían tanto los dedos, así que me animé. Katya le habló a su padre de mí. Habló con mis padres y se enfadaron. Así que no fui a la escuela durante una semana porque el cinturón rompió algo dentro de mí, tuve fiebre y... no me acuerdo nada más. Le pedí a Katya que le dijera a su padre que no hablara con los míos porque me dolía mucho. Mi amiga lloró. Me pidió que le enseñara el... resultado, así que lo hice. ¿Por qué no? Fue entonces cuando empezó a llorar. Ella tenía suerte de tener un padre así, mientras que yo...

Por aquel entonces, tenía diez años, y en el aula sucedió... Lo diré en el orden correcto. Fue a causa de aquel examen: Fui suspendida porque no me acordaba de nada y apenas podía respirar. La clase estaba muy abarrotada de estudiantes, así que me faltaba el aire como si me estuvieran estrangulando. Tenía miedo de quejarme. La profesora me dijo que era una vaga y que me vigilaría. Yo no entendía lo que eso significaba porque intentaba respirar mejor y no podía hacerlo. Katya también se preocupó y me pidió que llamara a su padre. La profesora tenía miedo de decirle que no porque el padre de Katya daba mucho miedo en la escuela. Entonces volvió la profesora, y yo no podía respirar, y me dio una bofetada en la cara, creo, y me dijo que no fingiera. Lo último que recuerdo fue ver al padre de Katya. Comprendió que me estaba muriendo y me devolvió a la vida. Luego estaba el hospital.

Los médicos del hospital también vieron que estaba enferma e hicieron algo que detuvo el dolor por completo. Nunca volví a casa. Cuando me enteré de que mis padres... Me resulta difícil hablar de ello, sinceramente. Resultó que yo no era hija suya, sino que adoptada, y ellos... Dijeron que no querían dar su vida por... por alguien como yo. Aquel día, morí por segunda vez. Mis padres me abandonaron y me echaron de casa como si fuera un gatito mientras estaba en el hospital. Y entonces había un orfanato para discapacitados como yo. Aquello era muy triste. Nos cuidaban, pero allí no había mamá.

Fue entonces cuando realmente quise morir, pero Katya y su padre consiguieron encontrarme. Katya iba en silla de ruedas porque ya no podía andar. Yo sí podía. Caminar era muy doloroso, pero caminaba... lo que fuera, pero no en silla de ruedas, porque aquí trataban a las chicas en silla de ruedas como...

"Mariana, ¿quieres vivir con nosotros?", me preguntó el padre de Katya, y yo me eché a llorar, pero por alguna razón no le dejaron llevarme.

Mi amiga también lloró, pero las mujeres enfadadas no dejaron que me llevaran de todas formas. Por un asunto de números, tuve que quedarme en el orfanato, donde nadie me quería, aunque Katya y su padre habían venido a verme... Me dijeron que el padre de Katya no tenía dinero suficiente para las dos. En aquel momento, odié a las mujeres mezquinas del orfanato que solo se interesaban en contar el dinero y no veían nada detrás de ellas... ¿De verdad creían que me sentía mejor allí, donde nadie me quería?

Había una biblioteca en el orfanato, así que leía libros allí. Uno de ellos me fascinó. No trataba de una niña, sino de un niño que nadie quería, como a mí. Ese chico, Willy, vivía en el orfanato, y allí lo odiaban y no le gustaba a nadie. En cuanto a mí, simplemente no les caía bien y a nadie le importaba. En el libro había una niñera, una mujer siempre enfadada a la que disfrutaba de pegar a Willy. A él no le gustaba que le pegaran, no sé por qué... Yo habría aceptado que me pegaran solo para sentirme necesitada. Luego resultó que Willy fue elegido para ser llevado a la academia de magia, donde enseñaban a curar a todo el mundo. Supongo que también podrían llevarme a mí: ya que la academia era mágica, ¿no? Me equivoqué al pensar que solo era un cuento de hadas, porque la madre y el padre de Willy se interpusieron en el camino de alguien y los mataron por ello, pero al niño no lo mataron por alguna razón.

Había muchas escaleras en la academia, y algún "fenke" tiraba a Willy por ellas; debía querer matarlo, pero yo no entendía quién era, ni por qué. No soy muy lista, la verdad. En la escuela también lo sabían, por eso me llamaban con malas palabras como "lisiada", pero yo sabía que iba a morir de todos modos, así que no me importaba. A veces quería ser Willy Schmidt o Ingrid Schiller, los del libro, porque eran amigos y, lo más importante, era que no sufrían constantemente. También quería ver la Academia Grasvangtal, para saber cómo era el Bosque de los Cuentos de Hadas y el monte Rübetzal. Debía de ser todo muy hermoso. Este libro se convirtió en mi favorito, aunque la historia se desarrollaba en Alemania, donde nunca he estado ni estaré. Porque moriré. Así me lo dijeron: cada día podía ser el último, por lo que lo esperaré ya que no tengo fuerzas para nada más.

Ayer, creo que volví a morir. No recuerdo qué pasó, pero no importa. Durante demasiado tiempo, los únicos amigos que tuve fueron los libros. Y Katya, por supuesto. Leía un libro tras otro como si me transportaran a otros mundos, pero al parecer, había llegado mi hora. Sabía que iba a morir...

¿Tenía Mariana alguna posibilidad de sobrevivir? Desde luego que la tenía. De no ser por la depresión, de no ser por el difícil curso de la enfermedad, de no ser por la indiferencia... La chica murió y emprendió su nuevo viaje, con la esperanza de que no fuera doloroso o, al menos, de que allí hiciera calor. Tal vez, quienquiera que nos esté juzgando haya decidido que ella merece no solo una nueva oportunidad, sino también un nuevo reto.

En una sala habitual entró un médico poco habitual. No llevaba ropa blanca, sino azul suave, por lo que tenía un aspecto inusual. El médico miró los instrumentos, ajustó algo en la vía intravenosa y solo entonces me iluminó los ojos con una linterna. Probablemente quería ver si respondía a la luz. Cerré los ojos y él sonrió y empezó a hablar conmigo. Más tarde me di cuenta de que hablábamos en alemán, pero en aquel momento me sorprendió cómo me llamaba. ¡Igual que en el libro!

"Frau[1] Schmidt, nos has dado un buen susto a todos". El médico me miraba atentamente, así que mi mente se llenó de todo tipo de pensamientos. "¿Me entiende?"

"Entiendo", asentí, gimiendo suavemente. De momento me dolían las articulaciones, no los dedos, pero parecía que me dolía todo. Y... No tenía ni idea de por qué me había dicho Frau Schmidt. No tenía ni idea de cuál era mi nombre. "¿Cómo me llamo?"

"Te llamas Gabriela", suspiró el médico y de repente me acarició la cabeza.

Me sentí tan bien que le tendí la mano pidiéndole más. No sabía lo que me estaba pasando. Todo era tan extraño...

"No temas tu estado. La pérdida de memoria es posible tras una experiencia cercana a la muerte. La buena noticia es que la cicatriz no se notará en absoluto".

De algún modo, me parecía que aquellas palabras tenían algún significado oculto, pero, por supuesto, yo lo entendía a mi manera.

"Gracias, doctor", le agradecí porque quería ser cortés.

La noticia de la cicatriz fue muy buena. Significaba que al menos no me señalarían con el dedo. Me pregunté si Willy Schmidt era mi hermano. En el libro no tenía hermana. Probablemente por eso no la tenía: yo morí...

El médico se había marchado por negocios, y yo no dejaba de pensar en lo que me esperaba. No podía creer que estuviera sana, y mis manos y pies insinuaban lo mismo. Y si en aquel orfanato (bueno, en el libro era un orfanato porque el niño era huérfano allí) me trataban igual que en el libro, significaba... ¡Significaba que me pegarían y que podría ir a la academia! En las escuelas alemanas pegaban a los niños. Yo lo sabía con certeza, pero no recordaba por qué, pero nuestra profesora nos decía a menudo que le encantaría... "Así que", pensé, "en la escuela también puedes conseguir algo que te haga respirar mejor. Y más tarde, en la academia también, supongo". La vida ya no me parecía tan aterradora porque antes nadie me quería, pero ahora, al menos, me odiaban (bueno, si salía en el libro), y eso ya es una sensación.

Estaba tumbada y pensaba que tal vez Mariana había muerto. Por fin. Pero no podía comprender por qué era yo quien sufría de nuevo. Pensé que podía ser solo el infierno. Había enfermado cuando era Mariana y había hecho daño a mi mamá y a mi papá, así que me habían castigado por ello, y ahora volvía a sufrir. Y me esperaba una academia aterradora. Es mágica, pero da mucho miedo porque hay muchas escaleras. Y las escaleras pueden causarte dolor. Puede que allí también me mataran. Quiero decir, en el libro querían hacerlo, pero ese chico, Willy, quería vivir, y yo... Y yo no tenía por qué. Me pregunté cuántos años tenía y qué aspecto tenía. No podía ser Mariana, ¿verdad?

No esperaba que nadie viniera a verme, pero alguien lo hizo. Era una mujer: era delgada y llevaba un vestido extraño, como el uniforme de las películas de guerra. No la conocía, pero me recordaba a alguien... Probablemente la señora del libro a la que le gustaba pegar a Willy. "Debe ser de un orfanato", pensé, porque la cara de la mujer no expresaba nada.

La extraña señora se acercó, me miró y...

"Maldito monstruo", dijo casi en un susurro. "¿Cuándo vas a morir?"

"Hola", respondí y pregunté: "Perdone, ¿quién es usted?".

"¡Pequeña mierda!", la mujer me lanzó un golpe.

Entonces la puerta se abrió bruscamente, y alguien vestido de médico impidió que me golpeara. Más tarde llegó la policía y más médicos me preguntaron algo, pero algo me zumbaba en los oídos y no me dejaba entender lo que pasaba. No oía nada y miraba confundida a la gente que me rodeaba, pero no entendían que no oyera, y entonces la máquina que había junto a la cama parpadeó y se apagaron las luces.

"¿Me entiendes?"

Aquel médico estaba otra vez delante de mí. Me miraba a los ojos como si intentara leer algo allí, pero no me importaba.

"Entiendo", asentí, y las luces volvieron a apagarse.

La siguiente vez que me desperté, me hicieron algo. No me dio miedo, solo me pregunté por qué me estaban metiendo un tubo... bueno, "ahí". También me hicieron algo en el trasero, pero no fue doloroso. Entonces apareció la palabra "hospicio" y supe que me estaba muriendo. Estaba disgustada porque la gente muere en los hospicios durante mucho tiempo y sufre (oí historias sobre esto cuando era Mariana), pero yo quería morir rápidamente. Pero un hombre que parecía un ángel (incluso tenía un halo[2]) vino y dijo que no habría hospicio porque él me llevaría. Comprendí que el hombre era la Muerte porque en Alemania es masculino. Me alegré mucho y acepté, bueno, que me llevara. Y el hombre que era la Muerte me dijo que ahora todo iría bien y viviríamos todos en una casa grande, luminosa y cómoda. Me reí porque nunca había oído a nadie describirme una tumba así.

Debió pasar un mes antes de que me sacaran un tubo de... - bueno, de "ahí" - y me pusieron en una silla de ruedas, lo que, por supuesto, me hizo llorar. Un chico de pelo rizado, al que el Sr. Muerte llamaba 'hijo', apareció a mi lado. Resultó que la Muerte también tenía hijos, así que únicamente yo estaba sola e indeseada. Aquel niño, que era hijo de la Muerte, me acarició y empezó a pedirme que no temiera porque todo iría bien. Luego me abrazó y me preparé para morir.

"¿Qué haces?", me preguntó el chico.

"Preparándome para morir", respondí con sinceridad. "Cuando uno se muere, se mea y se caga, lo sé, así que necesito sentarme de esta manera para que nadie se enfade, ya que tendrán que limpiar demasiado".

"No vas a morir", dijo el chico mientras miraba a su alrededor.

Inmediatamente este hombre, que era la Muerte, se acercó y me cogió en brazos. Era tan suave, tan cálido, que volví a llorar sin poder evitarlo.

"¿Por qué llora, papá?", preguntó el niño de pelo rizado, que me recordaba a alguien.

"Porque no tenía a nadie, hijo", respondió el hombre que me sostenía en brazos. "La depresión es el peor verdugo de los niños especiales".

Me metieron en un coche y me llevaron a algún sitio. Probablemente, al cementerio para enterrarme allí. Nadie me quería, ¿dónde me iban a llevar si no desde el hospital? O a un orfanato o a un cementerio...

1. El término "Fräulein" se considera obsoleto y no se utiliza en la actualidad. (Aquí y más abajo: nota del autor).

2. Cuando la lámpara ilumina desde atrás, puede parecer que el médico tiene un halo alrededor de la cabeza, sobre todo si al paciente le falla la vista.

No llegamos a un cementerio, sino a una casa. En la casa nos recibió una mujer, no como la que vino a la sala, sino una muy diferente. Era amable. Dijo que se llamaba Sra. Elsa, pero yo podía llamarla... madre. Volví a llorar porque tenía mamá, una de verdad, ¿te imaginas? Y el que yo llamaba Sr. Muerte resultó ser Papá. Y el niño de pelo rizado se llamaba Herman. Definitivamente, estaba en un cuento de hadas porque eso no podía haberme pasado a mí.

"¿Quieres que te adoptemos?", me preguntó mi nuevo padre.

"¿Es necesario que me adopten?" pregunté y me expliqué inmediatamente: "Bueno, pregunto esto porque podría fingir que Herman es mi prometido y así tendría un futuro".

Papá sonrió, y el chico (también oyó lo que dije) parecía al borde de las lágrimas.

"¿Necesitas un prometido para el futuro?". Mamá sonrió.

"Bueno, si hay un prometido", compartí mis pensamientos, "entonces algún día habrá una familia... Sé que voy a morir de todas formas, pero solo por diversión, ¿puedo?".

Mi madre lloró y lo permitió, y Herman me abrazó y me dijo lo buena que era. Todo era tan cálido que se sentía imposiblemente bueno. No tenía palabras, únicamente lágrimas. Lloré mucho aquel día, más de lo que creo que había llorado en toda mi vida.

En la comida, resultó que tenía poca fuerza de voluntad, y el dolor hizo que se me saltaran las lágrimas. Papá incluso me regañó un poco.

"No debes tolerar el dolor", me dijo mientras me acariciaba. "Si te duele, tienes que decírmelo".

Estaba dispuesta a que papá cogiera el cinturón, pero me acarició y me regañó tan suavemente que quise volver a llorar.

"¿No me vas a llevar a un psiquiatra?". pregunté porque... bueno... "Nada de psiquiatra, por favor".

"Pobrecita", me abrazó mi madre. "Por lo que has pasado..."

"Nadie te llevará a ningún psiquiatra".

Me di cuenta de que esas palabras hicieron que Herman se pusiera muy pálido. Él también debía de tener miedo de aquel mentiroso. Papá me dijo que me ayudaría a detener el dolor. Y yo lo creí, por supuesto. Entonces, Herman cogió la cuchara de mis manos temblorosas y empezó a darme de comer como a un bebé. Yo no quería comer, pero tenía que ser obediente...

"Vamos a comer un poco más", me dijo el chico. "Luego, puedes descansar mientras yo hago los deberes".

"¿Puedo ir yo también?" le pregunté lo más lastimeramente que pude, y mi "prometido" accedió.

A Herman no le importaba en absoluto ser mi novio. Incluso le pregunté por qué, y me contestó

"Eres un milagro", dijo, y me acarició la cabeza con tanta ternura que cerré los ojos de placer.

¡Ah, se me olvidaba! Resultó que tenía diez años y me faltaba casi un año para la temida academia. Y no me parecía a Mariana en el espejo, en absoluto. Así que definitivamente morí y me convertí en una persona nueva. Alguien escribió sobre esto en algunos libros, no recuerdo el nombre. La academia estaba en el libro, así que pensé: si los apellidos son los mismos, entonces estoy en el libro, ¿no?

Herman se puso a estudiar y yo me acerqué: no para distraerle, sino para estar ocupada con algo. Puso el libro de historia delante de mí y me dijo que no le distrajera. Así que estuve leyendo la historia sin distraerle e imaginando que, si le hubiera distraído, se habría enfadado mucho, y no quería enfadar a mi "prometido", aunque solo fuera por diversión. Herman estaba haciendo sus ejercicios y se molestó porque algo iba mal. Miré en su cuaderno y casi inmediatamente vi que había confundido el menos del principio con el más. Yo también cometía ese error, por eso me di cuenta. Estaba sentada y preocupada por ello, y Herman también estaba preocupado, así que no pude resistirme.

"Herman", le llamé suavemente y le toqué la manga. "¿Puedo molestarte y que luego me des una paliza por ello?".

"Oh..." El chico se disgustó al principio, pero luego, cuando oyó lo que le sugería, se limitó a abrazarme y a estrecharme con fuerza. "Pequeña gatita". Era tan tierno que sollocé. "¿Qué le pasa a mi querida?".

Herman era mucho mayor que yo, sabio, tan amable y cariñoso... No pude evitar llorar.

"Aquí has confundido el menos con el más", señalé con cautela, e inmediatamente cerré los ojos de miedo.

"Gracias, gatita", me agradeció suavemente el chico y me acarició los ojos para que se abrieran. De algún modo, no estaba enfadado conmigo en absoluto, aunque le molestara.

Luego, terminó rápidamente sus deberes y empezó a preguntarme sobre historia, bueno, sobre lo que había leído. En algún momento, me asusté por alguna razón, y Herman, de alguna manera, lo notó y dejó de hacerme preguntas, aunque yo esperaba que me regañara porque me había olvidado la mitad. Pero mi "prometido" se dio cuenta de algún modo, dejó el libro, me abrazó, me acostó y quiso marcharse, pero le dirigí una mirada tan lastimera que se quedó.

En la cena, no pude volver a comer sola, así que Herman me dio de comer y papá frunció el ceño por algún motivo. Me asusté un poco. Si no hubiera sido por el pañal, probablemente me habría meado encima, pero papá había pensado en todo y yo... bueno... Papá dijo que mucha gente se hace pis después de un ca-the-ter y que no es para tanto, que el pañal era solo para que me sintiera cómoda y no llorara. Era muy raro que alguien se preocupara por mí. Papá también dijo que pensaría en algunas formas de ayudarme, y yo tenía un poco de miedo.

Cuando era Mariana, solían castigarme por las tardes, así que esta tarde, sin que nadie me lo recordara, rodé hasta papá y me subí a su regazo con la barriga para que me castigara porque era culpable de muchas cosas.

Papá ni siquiera entendía lo que estaba haciendo. Estaba callado y solo me sujetaba con las manos para evitar que me cayera.

"¿Qué haces, pequeña?" preguntó mamá.

"Bueno, hoy he hecho algo malo", expliqué, intentando recuperar el aliento. "Así que necesito que me castiguen"

Cuando miré a mi alrededor, vi los grandes ojos de Herman. Estaba muy sorprendido, pero yo no entendía por qué.

"¿Qué has hecho mal?" preguntó mamá, mostrándole algo a papá.

Me levantó y me tumbó sobre su regazo. Yo misma me levanté la falda, pero no podía moverme las bragas, es decir, el pañal.

"Bueno, distraje a Herman, luego no pude comer por mi cuenta y después...". Empecé a hablar cada vez más bajo porque volvía a asustarme. "Además, no pude responder a algunas preguntas...".

"¿Herman?" gritó mamá.

"Rie me ayudó con un ejercicio. Y el hecho de que no recordara todo del libro de historia... Realmente nadie espera que lo hagas", explicó el "prometido".

Desde el principio, empezó a llamarme "Rie" en vez de "Gabriela", y no me importó porque sonaba muy suave. Ahora no podía ver lo que Herman estaba haciendo.

"Hija, ¿quieres que te castigue?". Papá habló por fin y me acarició la espalda. "¿O crees que te castigarán de todos modos?".

"Que me castiguen me hace respirar mejor y no tengo tanto miedo", admití. Pero ¿y si me echaba de la casa?

"¿Tienes miedo al dolor?"

Papá, por supuesto, sintió que me encogía, así que también me dio una palmadita en la cabeza.

"Tengo miedo de que alguien me vaya a echar", respondí en voz baja.

Era una pena que no pudiera ver sus caras desde mi posición.

Entonces, mi padre volvió a sentarme en la silla. Se levantó y se fue, luego volvió con un estetoscopio (es un instrumento con dos tubos que sirve para examinar el pecho).

"Nadie te echará nunca", dijo mamá con severidad. "Eres nuestra hija para siempre, ¿recuerdas?".

"Sí", asentí, lo que hizo que se me nublaran los ojos. "¿Y el castigo?"

"Aún no te lo has merecido", murmuró papá pensativo, escuchando algo. "Creo que es una restricción[1], pero ¿por qué?".

"Depende de la anamnesis[2]," dijo Madre sin comprender.

Se levantó, vino hacia mí, se puso en cuclillas y me abrazó. Sentí tanto calor que me relajé por completo.

"¿Sabes dónde vivías?"

"No lo sé exactamente, pero creo que era una despensa", respondí a lo que había leído en los libros cuando era Mariana.

Los ojos de mamá se agrandaron y Herman empezó a parecer un búho. Me miró fijamente, sin pestañear siquiera, y luego me abrazó prometiéndome que nadie volvería a tocarme.

Papá fue a algún sitio y volvió con una gran bombona azul. Resultó ser oxígeno médico. Me pusieron una mascarilla en la cara, y respirar se volvió inmediatamente muy fácil, y papá se limitó a suspirar. Además, me pusieron una especie de... clavija en el dedo[3]. Brillaba en rojo, y mi padre miraba la pantallita y se acariciaba la cabeza. Después, mamá estuvo hablando conmigo mucho rato, preguntándome por qué pensaba que iba a morir. Entonces le conté todo lo que sabía. Luego me lavaron y me acostaron con mi máscara, mi clavija y mi aparato. Fue un poco triste separarme de Herman, pero esperaba despertarme mañana.

Mientras dormía, tenía unos sueños completamente mágicos y, por primera vez, no quería morir. Vi a Herman adulto poniéndome un anillo en el dedo y llamándome su querida. Lástima que solo fuera un sueño...

1. Deterioro de la expansión pulmonar al inhalar.

2. Anamnesis - historial médico y/o vital.

3. Un sensor de pulsioximetría es un dispositivo que controla tu frecuencia de pulso y el nivel de oxígeno en sangre.

Elsa se sentó junto a Gerhardt para contarle lo que había aprendido sobre Gabriela. Herman escuchó a hurtadillas. En primer lugar, sentía curiosidad. Luego, la chica que le llamaba "prometido" tocó algunos hilos de su alma, lo que le hizo querer comprender la situación. Herman no conocía otra forma de obtener información, así que se quedó al acecho detrás del sofá escuchando la conversación de sus padres, algo que nunca había hecho antes.

"Síndrome de Ehlers-Danlos[1] ", repitió el hombre tras su mujer, pensativo. "Y un síndrome de dolor de alta intensidad, porque lo hacía todo a pesar del dolor. Tenemos que averiguar cómo aliviarlo".

"La solución más fácil es preguntar a tus colegas", sonrió su mujer.

Elsa vio tanto el dolor de Gabriela como el "retraso"[2] en su edad, que indicaba una vida muy difícil para la niña, pero tenía fe en su marido. La policía y los psiquiatras ya se estaban ocupando de los antiguos cuidadores sádicos. La policía también visitó la escuela de la niña y encontró allí numerosas irregularidades.

En ese momento, Herman no pudo soportarlo más.

"Papá, cuando Rie cabecea, tiene un síncope[3] ", compartió el niño sus observaciones.

"Sí, deberíamos echarle un vistazo al cuello", asintió Gerhardt y le hizo una señal a su hijo para que se acercara. "¿Qué te parece convertirte en el 'prometido'?".

"Lo necesita de verdad, papá", respondió Herman con seriedad. "Y es imposible no querer a Gabriela. Deja que me llame marido mientras viva".

Había tanta ternura en esta frase que Elsa miró atentamente a su hijo y volvió a sonreír.

"Entonces, estudiaré algo sobre el tema y preguntaré a mis colegas", decidió la Dra. Stiller. "Hasta que averigüemos cómo aliviar el estado de Gabriela, la trataremos como a una niña de cinco años: con la máxima ternura y cuidado. Además, tendremos que decidir sobre el oxígeno... Por la mañana, llevaremos a la niña al hospital y lo buscaremos".

"Lo importante es que no piense en la traición", dijo la mujer en voz baja. "Ella ya piensa que no vivirá mucho tiempo...".

Me desperté de nuevo en el hospital. ¿Cómo lo supe? Por el olor y los chirridos a mi lado. Pensé que debía de estar muerta otra vez... Me pregunté si seguía siendo Frau Schmidt o si ahora me llamaba de otra manera. Cuando abrí los ojos, vi a Herman. Estaba sentado a mi lado y me acariciaba la cabeza. Así que no me habían quitado a los Stiller. Me hizo sentir algo de calor. Mi "prometido" se dio cuenta de que tenía los ojos abiertos, se inclinó hacia mí y me los besó todo lo que pudo con la máscara puesta.

"Hoy nos has dado un susto, gatita", dijo Herman. Lo hizo muy cariñosamente, por cierto. "Ahora voy a buscar a papá y luego nos vamos a casa, ¿eh?".

"Sí", susurré, cogiéndole la mano. "¿Puedo... tenerte a mi lado?".

¿Quizá él no quería quedarse y yo le estaba obligando? Pero lo necesitaba tanto... ¡no había palabras para describirlo!

"Por supuesto, estaré a tu lado porque eres mi prometida".

Dijo esta palabra como si fuera real, no falsa. Me dieron ganas de llorar otra vez.

"Te quiero", le dije.

El "prometido" se limitó a sonreír y respondió que todo iría bien. Le creí porque era Herman.

Un poco más tarde, me succionaron la sangre, y luego me dieron de comer y empezaron a llevarme para hacerme radiografías y a meterme en un aro tan grande que hacía mucho ruido y daba miedo. Extrañamente, sentí como si me hubiera hecho muy pequeña. Esperaba que se me pasara, aunque no quería que se me pasara. Papá trajo un collar especial, me lo puso en el cuello y me dijo que no me lo quitara o sería muy malo. Pero decidí ser obediente, ¿no? Así que le dije a papá que era obediente, aunque ahora no podía asentir. Pero era más fácil respirar, incluso cuando me quitaban la mascarilla para alimentarme. Herman me daba de comer porque era su gatita, él mismo lo decía. Era tan cálido ser de otra persona...

Después, nos fuimos a casa. Herman dijo que ahora dormiríamos juntos porque éramos novios, pero no me imaginé por qué. Si los cuidadores pegaban fuerte, podría haber pesadillas por la noche, y despertarse en el hospital todos los días sería malo para cualquiera. Y no quería que mamá y papá se aburrieran... Y no quería que Herman se aburriera... Porque probablemente no sería capaz de sobrevivir sin él. Qué poco tiempo había pasado, y él ya se me había hecho más querido que cualquier otra cosa. ¿Por qué era así? No lo sabía...

"Bueno, gatita, deja que te ayude".

Probablemente mi prometido ya no fingía, aunque no me eligiera, pero yo me lo creía porque hay que creer en algo: es muy cariñoso, y no me da vergüenza, no hay nada que me dé vergüenza...

"Eres maravilloso", le dije, y me besó la barriguita porque Herman me estaba poniendo el pañal. Estábamos de camino a casa. "¿No te da ningún asco?"

"Y a quien diga tonterías le dolerá el trasero", me sonrió mi prometido.

"Estoy de acuerdo", sonreí porque realmente estaría de acuerdo con cualquier cosa si se tratara de él. Herman se limitó a abrazarme, haciéndome sentir calor de nuevo.

En casa, me colocaron en una silla. Resultó que respiraba normalmente con el collarín y no tenía miedo, y no me lo quitaron durante la noche, por supuesto, para que pudiera dormir dulcemente. Mientras Herman estaba fuera, empecé a distraer a Madre Elsa con mis tonterías. Madre dejó a un lado lo que estuviera haciendo y me escuchó.

"De repente, Herman es lo más importante para mí", dije. "Y haré cualquier cosa si se trata de él, y no sé por qué...".

"Impronta", dijo Madre sin comprender, y luego explicó: "No tenías a nadie y ahora tienes una familia.

Quieres estabilidad en tu interior, así que eso es lo que ocurrió. No tiene nada de malo, no te asustes".

"No tengo miedo, porque es Herman. Todo lo que hace está bien".

Mi madre sacudió la cabeza y me devolvió a su hijo, que había vuelto, y yo... me aferré a él. Por la noche, papá dijo que Herman también estaría un tiempo en casa, porque... Resultó que yo era importante... No entendía en absoluto cómo era que de repente yo era importante. Me dieron ganas de llorar otra vez. Debo de ser una llorona.

Papá trajo unas cosas que me puso en las manos. Me envolvieron las muñecas, de modo que ya no se doblaban tan fácilmente, pero casi dejaron de dolerme con cada movimiento. ¡Qué alegría! También me dieron mi cepillo de dientes especial y mi tenedor y cucharas especiales. Al principio me daba miedo, pero luego...

"¿Por qué lloras?"

Herman parecía asustado por mí, ahora lloraba de alegría porque podía hacerlo yo misma.

"Puedo... ¿Lo entiendes? ¡Puedo hacer todo por mí misma!" Realmente podía comer sola, aunque no con rapidez, pero podía. Y por primera vez hoy, me lavé los dientes sin dolor. "¡Os quiero tanto a todos!"

Esta confesión era la auténtica verdad, porque mis padres obraron un milagro. Tanto si hay magia en el mundo como si no, ellos hicieron verdadera magia: desde aquel día, no estaba indefensa.

"Nosotros también te queremos", dijo mamá sonriéndome, y papá estaba masticando, así que se quedó callado, pero estaba de acuerdo con mamá, podía verlo.

Fue el día más feliz de mi vida. Podía hacer algo por mis propios medios y había gente que me quería.

Herman empezó a darme clases particulares, enseñándome poco a poco que era posible aprender. Lo más difícil era escribir, pero mi padre se las ingenió y me dieron unos bolígrafos especiales. A partir de ese momento, pude escribir sin dolor, aunque todavía se me cansaban mucho las manos, así que estudié alemán lentamente. Herman decía que no me cansara demasiado y que no me forzara, y yo obedecía porque era Herman.

Pasaron los días y me fui acostumbrando a esta vida. Los profesores empezaron a venir a nuestra casa. Me elogiaban mucho, pero resultaba que no podía estudiar sin oxígeno durante mucho tiempo. Papá solucionaba este problema, y yo... Tenía a Herman y oxígeno, así que estudié todo lo que pude. Por la noche, mi prometido dormía en la misma cama que yo. Por alguna razón, ya no me despertaba en el hospital, sino sobre su hombro. A mi prometido no le importaba en absoluto, solo se aseguraba de que no muriera por la noche, y no morí porque era obediente.

No me dejaban ir a la escuela con él y no podía estudiar sin Herman porque lloraba. Sin él, estar cara a cara con un profesor, me daba mucho miedo. No sé de qué murió Mariana en el pasado, pero no pudo resistirlo porque incluso los profesores más amables parecían monstruos de cuento de hadas.

Un día vino a casa de papá un hombre con un bonito uniforme que decía "policía". El hombre habló con papá durante mucho tiempo y, después de aquello, Herman casi nunca se separó de mí.

"Herman, tengo que confesarte algo...".

Sí, me atreví a decirle que antes era Mariana. Me daba mucho, mucho miedo contarlo, pero era Herman. Si me hubiera echado, me habría muerto y todo habría acabado, aunque fue una pena, porque, por primera vez, tenía una familia que me quería. Y la silla de ruedas es un pequeño precio a pagar por el calor y el afecto.

"¿Qué pasa, mi gatita?"

Mi prometido vio lo difícil que era para mí, así que

empezó a calmarme y me explicó que no tenía por qué decir nada si era tan difícil.

Pero tenía que hacerlo y se lo conté, y él se limitó a sonreír tristemente, acariciándome la cabeza. Y entonces le conté lo de los libros y lo que decían. Y Herman me abrazó y me dijo que todo iría bien, que teníamos padres, y los padres tenían amigos, y también estaba nuestro país, que no dejaría que nos hicieran daño a todos. Y yo le creí.

1. Anomalías hereditarias en el desarrollo de las estructuras colágenas.

2. Aquí: una disminución de la edad psicológica debida a situaciones estresantes anteriores o actuales.

3. Desmayo o desmayo.

CUMPLÍ ONCE AÑOS. HABÍA CONSEGUIDO LLEGAR A ESTE PUNTO y podía hacer muchas cosas por mí misma. Herman pasó tanto tiempo conmigo ayudándome a aprender a vivir... ¡Es la mejor persona del mundo! No hace mucho, aprendí a ir al baño cuando me apetecía, así que ya no me hago pis encima. Aquel día de mayo, llevaba un ligero vestido de verano y unas bonitas bragas a rayas. Probablemente, las chicas sanas no entenderían mi alegría, pero me sentí muy feliz cuando mi madre no me puso un pañal, ¡sino unas bragas de verdad!

Cuando me enteré de que era mi cumpleaños, me sorprendí mucho. En el libro, el cumpleaños de Willy era en agosto. Creo que fue por alguna coincidencia que mataron a sus padres y algunas personas querían matarlo, pero el chico consiguió esconderse. Pero para mí, es en mayo. Eso fue raro. Más raro fue que mamá y papá decidieran celebrarlo. No recuerdo nada parecido cuando era Mariana.

"Feliz cumpleaños, gatita", me dijo Herman cuando abrí los ojos.

Me acarició la cabeza con la mano tan suavemente que me dieron ganas de ronronear. Lo intenté, pero mi voz estaba ronca después de dormir, así que no me salió bien. Herman me ayudó a vestirme. Yo no era tímida con él, y él tampoco lo era conmigo. Quizá fuera porque éramos pequeños... Quizá era lo que había que hacer en aquel momento.

Me lavé porque podía hacerlo por mi cuenta, solo que tuve que ponerme guantes en las órtesis[1] para evitar que se mojaran. Sin las órtesis, me resultaba muy doloroso mover los brazos. Además, eran diferentes: unas de día y otras de noche. Las de noche eran blandas y tenían ese forro, me abrigaban y me protegían del frío. También tenía unas pastillas que tenía que tomar para que no me doliera nada. Tengo que tomarlas siempre, pero incluso puedo comer helado de vez en cuando. "Además, debes diluir el zumo, pero puedes tomar casi de cualquier tipo, excepto el de granada porque te sube la tensión. Y no puedes tomar té verde. Debes tener cuidado con el chocolate... Sin embargo, cuando no puedas comer algo, pero te apetezca mucho, puedes tomar una pequeña cantidad", eso es lo que decía mi padre.

Después de lavarme, abracé a Herman y no quería dejarle marchar, así que nos sentamos un rato y luego tuvimos que separarnos de todos modos porque era hora de comer.

Primero debía comer lo que me hacía bien y luego solo un poco de lo que caía mal... Pues bien, en honor a mi cumpleaños, puedo comer cosas poco saludables, ¡eso es todo!

Mamá y papá se tomaron el día libre ¡Por mí! Para otra persona, esto podría ser algo habitual, pero para mí, es un regalo tan... ¡Simplemente el más enorme!

"¡Feliz cumpleaños, pequeña!" Mamá y papá me felicitaron y luego añadieron: "Me alegro mucho de tenerte".

Por supuesto, lloré de emoción. El día empezó muy feliz, y luego me llevaron a un parque de atracciones. No me dejaban hacer de todo y en todas partes, pero donde podía... Estaba muy feliz, hasta el punto de chillar. No hay palabras para describir lo feliz que fui en mi undécimo cumpleaños. Luego fuimos a un restaurante, y me había olvidado por completo de la invitación de la academia, que, como resultó, ni Herman ni yo habíamos recibido. Este regalo fue incluso mayor que el del parque de atracciones.

Por la noche, cuando mis articulaciones estaban lubricadas, intenté hacer magia con la mano, como en el libro, y no funcionó. Entonces le pedí a Herman que hiciera lo mismo, y también fracasó, y entonces chillé de alegría. Incluso mis padres vinieron corriendo, y yo estaba tan contenta que no podía explicar nada, solo chillaba.

"Herman, ¿qué ha pasado?" preguntó mamá.

"Por lo que tengo entendido", respondió mi prometido, "la gatita intentó hacer "brujería" y descubrió que no era una bruja. Por lo cual está contenta".

"Rie", mi madre se sentó a mi lado y empezó a explicarme: "Los nombres Schmidt y Stiller no son propiedad del autor del libro. También existen en la vida real. Mañana te enseñaré el libro con esos nombres. Y que algo coincida con un libro no significa que te hayas metido en un cuento de miedo, ¿sabes?".

"¡Hurra!" Estaba contenta porque podía vivir sin el fenke[2] y la lombriz intestinal[3] , y desde luego no creía que la "magia" pudiera arreglarme.

Así de feliz terminó mi cumpleaños.

del libro tal vez ni siquiera existían, me sentí muy feliz. Dejé de tener miedo y empecé a hacer mejor mis ejercicios. Papá y mamá se preguntaban cómo ayudarme, eso me dijo Herman, así que intenté ser muy obediente, aunque últimamente tenía ganas de hacer alguna travesura... No sabía por qué.

"Hagamos esta tarea", sugirió Herman, y yo, por supuesto, accedí inmediatamente, porque era obediente, ¿no?

Acerqué mi silla de ruedas y empecé a anotar la tarea. Nunca contradecía a Herman, ni siquiera cuando realmente no quería hacer algo, porque era Herman. Así que empecé a hacer la tarea.

"No puedo hacerlo", sollocé, pero él me acarició inmediatamente y las lágrimas desaparecieron.

Empezamos a solucionar las cosas juntos.

"Eso es", sonrió mi Herman, "tienes una caja y media que lleva un trabajador. ¿Te lo imaginas?"

imaginé y solté una risita. Terminé la tarea rápidamente y decidí tener una conversación seria con él después de todo. Herman supo enseguida que íbamos a tener una conversación. Me sentó en la cama y me abrazó.

"Dime, por favor", empecé en voz baja. Temblaba un poco por alguna razón, pero aguanté. "¿No te estoy obligando a nada? ¿Quizá quieres ser mi hermano en vez de mi prometido?".

"Oh, gatita", sonrió mi prometido, "no te voy a entregar a nadie", se puso muy serio, "a nadie en absoluto, ¿sabes? Así que vamos a ser novios".

"Y si te enamoras de... bueno...". Bajé la cabeza, porque lo que estaba a punto de decir... dolía. "¿Otra chica sana?"

No podía ver lo que hacía Herman porque tenía la cabeza baja. Sentía que las lágrimas me corrían por las mejillas. Su silencio era aterrador. De repente me di cuenta de que me estaba cayendo y chillé en voz baja. Por un momento pensé que Herman se había ofendido y se había alejado, lo que hizo que me doliera el pecho, pero se limitó a tumbarme, voltearme boca abajo y levantarme la falda. Pensé que debía de haberle hecho mucho daño y sollocé.

"No vuelvas a decir eso", me dijo mi persona más querida en el mundo y me dio un azote.

No me dolió en absoluto, solo fue firme. Alargué los brazos para abrazarle.

"Por favor, perdóname", le dije. "Si quieres, puedes golpearme hasta que sangre, pero no te enfades".

"¿Cómo puedo enfadarme así contigo?"

Herman me hizo rodar sobre la espalda, abrazándome muy suavemente, y le dije que no quería hacerle daño en absoluto porque era la persona más importante del mundo para mí, pero que no quería forzarle, porque era él.

"¿Me perdonas?" Miré a Herman tan lastimosamente como pude, y él asintió, sonriendo: "Por alguna razón, a veces quiero que me peguen...".

"Hablemos con mamá, ¿vale?", sugirió mi prometido y, por supuesto, acepté.

Fuimos a hablar con mi madre. Herman me dijo lo milagrosa que era, lo mucho que me quería y que daría cualquier cosa en el mundo por mantenerme feliz y viva. Cuando llegamos, ya estaba llorando por sus palabras.

"Hijo, ¿por qué llora la pequeña?" preguntó mi madre a mi prometido.

Empezó a hablar de las estupideces que dije y de lo que yo quería... bueno... Y mamá se limitó a abrazarme.

"La primavera está llegando a su fin para ti, pronto te sentirás mejor", dijo la mejor mujer del mundo, y Herman se sorprendió porque ya era verano. "La primavera no siempre está ligada al calendario con niñas tan guapas", le explicó la mejor mamá del mundo.

Me hizo sentir mejor porque no me darían azotes, aunque yo quisiera. Luego fuimos a dar un paseo.

Fuera, un chico llamó a Herman con una palabra desconocida, pero mi prometido no le prestó atención porque estaba ocupado conmigo, y probablemente por eso nadie se acercó a ese chico para ofenderle porque me vieron. Algunas personas me miraban como si fuera un mono en un zoo. Era desagradable pero no daba miedo porque Herman caminaba a mi lado. Y el hecho de que a veces se me levantara el vestido y se me vieran las bragas no era un problema, estaba orgullosa de ellas, ¿no?

Mientras caminábamos, se nos acercó una anciana. Era amable: no me miró fijamente ni puso cara de asco, solo me sonrió y habló con Herman y conmigo intentando no asustarme, lo noté. Era una anciana muy especial, aquella Frau Vitke, así que sonreía mientras Herman me llevaba a casa.

En casa nos esperaba una gran noticia y una enorme sorpresa. La sorpresa vino de papá. Quiero mucho a papá y a mamá, incluso sin sorpresas. Son tan cariñosos y buenos, son un milagro, no unos padres corrientes. Había olvidado que no eran mi propia familia. Tanto mamá como papá me mostraban a veces más amor y cariño que Herman, y papá me llamaba la niña de papá, lo que me hacía sentir muy, muy querida.

"Pasado mañana volamos a Italia", nos anunció papá a Herman y a mí.

Mi prometido sonrió feliz, solo que yo no entendía lo que eso significaba.

"¿Por qué vamos allí?" pregunté, ya que tenía curiosidad.

"En primer lugar, está el mar", explicó papá, "y, en segundo lugar, un médico excelente que quizá sepa cómo ayudarte. No llores, por favor".

"No lo haré", prometí, aunque realmente quería hacerlo, porque debía de ser muy caro y difícil, pensé, y...

"Eres nuestra niña", papá se sentó a mi lado, me abrazó y me explicó: "Te traeré una estrella del cielo si la necesitas".

Lloré, por supuesto, porque era imposible guardar tanto calor, afecto y ternura dentro, así que salieron lágrimas. Además, era una llorona...

1. Una órtesis es un vendaje que fija las articulaciones.

2. En el folclore alemán, el Fenke es un gigante de los bosques. Es greñudo y sanguinario.

3. El lución es una criatura mítica parecida a un dragón en la tradición del norte de Europa.

EL DÍA DE LA SALIDA, ME VISTIERON CON UN MONO, BUENO, mamá me vistió. Los monos son unos bonitos pantalones cortos y una camiseta de una sola pieza, así que también había un pañal. Mamá me enseñó el pañal y quise llorar, pero Herman no me dejó. Me acarició y me abrazó, y más tarde me lo explicó:

"El aeropuerto no está muy cerca, y además hay un avión y un autobús", me dijo. "Te costará ir al baño, y así no tendrás que aguantarte".

"¿Te parece bien?". Le miré y mi prometido asintió, así que yo misma me bajé las bragas. ¡Ya sabía cómo hacerlo! Él sabía mejor que yo lo que era correcto. Por alguna razón, me daba un poco de miedo quitármelas... No sabía por qué, pero Herman sí que lo sabía, me estaba abrazando muy suavemente.

Me vistieron, me metieron en el coche y mi padre metió la silla de ruedas en el maletero. También venía con nosotros, pero en el equipaje, y cómo sería en el aeropuerto, no lo sabía, pero mi prometido dijo que todo estaba pensado, así que no me preocupé. El coche arrancó y salió rodando hacia alguna parte. Al principio solo miraba a Herman, y luego empecé a dormitar. Mis ojos se cerraron solos y me quedé dormida, sintiendo que me acariciaban.

Me desperté en los brazos de mi padre, que me estrechaba contra él. Fue muy interesante, pero no me moví para no molestarle. Finalmente, mi padre me metió lentamente en un carrito especial en el que no te montas tú solo, sino que alguien tiene que empujarte. Por supuesto, fue Herman quien me empujó.

Todo daba miedo: una gran sala, mucha gente. Tenía miedo de perderme y cerré los ojos, de modo que no podía ver nada de lo que pasaba. En un momento dado, Herman me pidió que abriera los ojos y mirara al hombre. El hombre llevaba algo negro, creo que no lo recuerdo bien porque me daba mucho miedo.

"A mi hija le dan miedo las multitudes", explicó suavemente papá, cogiéndome en brazos.

El hombre miró en el libro, luego me miró y sonrió muy amablemente. Me dijo que estaba bien y me deseó un buen viaje.

Fuimos a la sala de espera. Era una sala grande con muchas sillas y gente sentada en ellas. También había máquinas expendedoras con golosinas que no podía comer o me dolería la barriga, así que me relamí, pero no pedí nada porque era obediente.

"¿Cómo estás, pequeña?" preguntó mamá, y yo me limité a sonreírle, porque ¿cómo no iba a hacerlo? Al fin y al cabo, ¡era mamá!

"No pasa nada", dije y cerré los ojos un poco por su calor.

"¿Tienes sed?" preguntó Herman.

Miró ávidamente las máquinas, pero no compró nada, aunque podía hacerlo.

"No, todavía no", dije, y luego pregunté: "¿Por qué no te compras algo si quieres?".

"Tú y yo somos familia", respondió sonriéndome. "No comeré ni beberé lo que tú no puedas porque es lo correcto".

Y lloré por demasiados sentimientos. Herman renunció a lo que quería por mí. *Por mí.* Fue tan... No había palabras para explicarlo, así que lloré.

Puede parecer poca cosa y nada, pero era tan importante para mí... Herman. Para mí. Para mí. ¿Lo entiendes? Así que...

Estábamos sentados esperando y, por la enorme ventana, podía ver un avión grande esperándonos, probablemente. Me entraron ganas de ir al baño y me di cuenta de que Herman tenía razón porque no había necesidad de aguantarse, así que no lo hice. Pensé que las bragas llegarían más tarde, cuando encontráramos un retrete que me conviniera; no todos los retretes me convenían, solo los que tenían la pegatina azul[1].

¡Se me olvidó decirlo! Mi padre puso en la parte trasera del coche una foto de una chica en silla de ruedas con un osito de peluche en las manos. Era tan mimosa, a pesar de la silla de ruedas. Así que todo el mundo sabía que yo estaba en el coche, pero no me dieron ganas de llorar.

Nos sentamos un rato en la sala de espera y luego nos llamaron. Bueno, llamaron a todos los pasajeros, pero a nosotros primero porque yo estaba en silla de ruedas. Papá volvió a cogerme en brazos y me llevó a algún sitio: primero por el pasillo y luego a través de la puerta. Había una sala larga con muchas sillas. Papá me sentó junto a la ventana, Herman se sentó a mi lado y mis padres estaban delante de nosotros. Así supe lo que era un avión. Luego entraron en la sala muchísimas personas más y todos se sentaron, y cuando todos estuvieron sentados, la sala zumbó, y detrás de la ventanilla, todo fue primero hacia delante y luego hacia atrás.

El avión se dirigía a alguna parte, y entonces dejó de rugir de una forma que daba miedo, pero yo no tenía miedo, porque Herman estaba sentado a mi lado y me acariciaba. Y entonces, fuera de la ventanilla, todo corría cada vez más deprisa y empezó a alejarse, y me mareé y no me sentí bien. Mi prometido llamó a mi padre, pero resultó no ser nada: eso es lo que pasa cuando despega el avión. Así que despegamos y volamos hacia el país de los sueños... Bueno, así es como me lo imaginaba. Porque llevaba conmigo mi gran esperanza.

En el avión ya no pasaba nada interesante. Unas mujeres estaban sirviendo bebidas y bocadillos, así que Herman me dio de comer yogur, no sabía de dónde lo había sacado. Me daba de comer muy cariñosamente, pero nadie nos miraba porque era Herman. Yo también podía comer, pero me gustaba mucho cómo lo hacía mi prometido porque me daba mucho calor. Lo único que había en la ventana eran las nubes de abajo, el cielo azul y el sol. No había nada más que ver, así que abracé a mi Herman y cerré los ojos.

"Duerme, gatita", me dijo, y yo, obediente, empecé a dormirme mientras Herman me acariciaba el pelo y yo sentía que flotaba.

Extrañamente, apenas pensaba en el mar misterioso

porque tenía a mi prometido y a mis padres, y no necesitaba nada más. Debí de quedarme dormida porque me desperté con un beso. Herman me besó, por supuesto. Mis ojos se abrieron y parecía que estábamos a punto de aterrizar.

"No te asustes".

Era mi novio, era muy cariñoso, incluso me despertó para que no me asustara.

El avión descendió y luego saltó y rugió y se dirigió a alguna parte. Volvía a ver las casas por la ventanilla, pero eran diferentes y había mucho sol. Esperamos hasta que todos salieron, y entonces mi padre volvió a llevarme en brazos, y luego sacó mi silla de ruedas de nuestro equipaje y me puso en ella para que me sintiera cómoda. Resultó que habíamos aterrizado, pero no habíamos llegado, no entendía muy bien cómo era eso. Y luego estaba ese pequeño autobús, y podías tumbarte allí. Resultó ser muy cómodo tumbarse porque mi pañal ya estaba cansado. Y el autobús también tenía los cristales tintados, y el conductor se bajó para poder cambiarme de ropa. Herman me quitó el mono y el pañal y mamá me dio las bragas. Volví a sonreír porque era... ¡libertad!

"Conduciremos durante tres horas", dijo el conductor mientras terminaban de aceitarme y volvían a vestirme. Herman me vistió, por supuesto. "Ya puedes descansar".

Nos pusimos en marcha y había muchas cosas interesantes alrededor, así que estuve mirando a Herman y por la ventanilla. Lástima que no se pueda mirar dentro y fuera al mismo tiempo. El autobús se balanceaba tan suavemente que me hizo dormir. No quería dormir, la verdad, pero me dormí, y volví a abrir los ojos cuando mi prometido me acarició. Resultó que habíamos llegado, y primero iríamos a un hotel a cambiarme de ropa y luego iríamos a ver a un amable médico, que era un especialista.

Papá me dijo que ese médico era un profesional muy especial y me sentí esperanzada. Solo dije que, iría, pero no lo haría sin Herman, y papá me contestó que por supuesto, lo que me puso muy contenta. Me pusieron un vestido de verano para que fuera más fácil quitármelo porque el médico querría mirarme. No me importaba, que mirara, mientras mi prometido estuviera allí, nada más importaba.

Me dieron de comer, bueno, Herman volvió a hacerlo, por supuesto, no porque yo no pudiera, sino porque... ¡bueno, es él! Mamá sonreía muy cariñosa mientras veía cómo Herman me daba de comer, y papá bromeaba diciendo que íbamos a tener los mejores bebés, y yo lloraba. Yo también quería que creciéramos y tuviéramos bebés. ¿Era posible que no me muriera?

"Ahora vamos al médico, gatita", me sonrió mi novio, que también tenía esperanzas. "Te echará un vistazo y seguro que te ayudará. Tienes que tener fe".

"Tengo fe, Herman", le dije, porque la tenía, y realmente tenía esperanza.

Luego volvimos a subir a aquel pequeño autobús, bueno, me bajaron, por supuesto. Y papá dijo que, si me portaba bien, por la noche iríamos al mar. Herman respondió a papá que yo siempre era buena y muy obediente, y le besé la mano con la que me acariciaba. Y nos fuimos.

Muy pronto, estábamos en una gran casa blanca. Había coches y gente dando vueltas, pero yo estaba en brazos de papá y luego otra vez en la silla de ruedas. Herman me llevó a una sala muy hermosa donde había gente amable y sonriente con niños como yo. Tenían las mismas órtesis en los brazos o muy parecidas, y también había dos chicas en silla de ruedas persiguiéndose. Debí de mirarlas con mucha lástima porque las chicas se acercaron a nosotros y dijeron algo en un idioma que no era alemán, pero que papá entendió. Papá era muy listo.

"María dice", me tradujo, "que no hay que tener miedo, que pronto todo irá bien, aunque estés en silla de ruedas".

"No tengo miedo", respondí, cogiendo la mano de mi prometido, "Porque tengo a Herman. Y a vosotros, mamá y papá".

"Todo va a salir bien, querida", me dijo Herman en voz baja. Era como si pudiera sentir cuándo me asustaba. ¿Cómo era posible?

Papá sonrió, me acarició y señaló a alguna parte. Allí estaba el médico vestido de verde, sonreía y me miraba con mucha dulzura. Tenía bigote y gafas rectangulares, pero eso no era lo principal. Lo principal era la forma en que aquellas dos chicas miraban al médico, como si fuera un ángel. ¿Podría ayudarme?

¡Prometo ser la niña más obediente del mundo! Por favor...

1. En Europa, la etiqueta que indica las instalaciones para discapacitados es azul.

con calor y afecto

El médico me sonrió de tal manera que llegué a creer que todo iba a ir bien. Luego, me llevó a una revisión. De algún modo, este médico comprendió que no podían apartarme de Herman y pidió a mi prometido que fuera él quien me ayudara. Papá me trasladó al diván, Herman me quitó con cuidado toda la ropa excepto las bragas, y entonces me asusté un poco, pero el amable médico dijo que no hacía falta quitarme las bragas y empezó a palparme. Comprendí que me estaba examinando, pero me tocaba con mucha suavidad y cuidado, como si tuviera miedo de hacerme daño. Le dije que, si me hubiera hecho daño, lo habría soportado.

"No dejes que te duela", me dijo el hombre mágico.

Era un auténtico mago y terminó rápidamente, y luego le pidió a Herman que me acompañara mientras les explicaba a papá y mamá cómo ayudarme. Entonces... ¿eso significaba que podía ayudarme?

Fuimos a dar un paseo y mi novio me dijo que pronto todo iría bien y yo podría hacerlo todo sola, pero que él seguiría abrazándome, vistiéndome y dándome de comer porque yo era un milagro. Eso me dijo. Y yo dije que él era lo mejor del mundo. Y que no se lo entregaría a nadie. Y entonces acordamos que no nos entregaríamos el uno al otro. Porque eso somos nosotros.

Mamá y papá vinieron a llevarnos a la sala porque tenían que hacer e-xa-mi-naciones. Yo no sabía lo que era eso. Me sentí muy tonta, como si rejuveneciera. Pero cuando se lo dije a Herman, me prometió que no me daría helado por esas palabras. Inmediatamente le contesté que no lo volvería a hacer y que estaba de acuerdo en que me castigara, pero que no podía prescindir del helado, en absoluto. Herman sonrió como solo él podía hacerlo y me dijo que le había convencido. Entonces tuve que desnudarme de nuevo. Incluso me quitaron las bragas y no me pusieron pañales, sino una ropa especial, como un pijama, pero muy especial. Y cuando me quitaron las órtesis, lloré. Tenía mucho miedo de que me volviera a doler, así que lloré. Luego me las volvieron a poner, pero me dijeron que me las quitarían durante un tiempo. Durante un tiempo, estuve de acuerdo. Pero no para siempre. Porque dolía. Y cuando dolía era malo, eso decía Herman, y eso decía también papá.

Me llevaron a un sitio. Estaba muy asustada, pero Herman estaba a mi lado, y con él no me daba miedo. Al final, no fue nada especial, solo me dolían los pechos cuando me los apretaban contra esa cosa blanca[1], pero aguanté. Lloré y aguanté. Herman me vio llorar y les dijo que no me torturaran tanto. Y le obedecieron, y yo lloré un poco más, pero él me calmó. Lo que más miedo me dio fue un tubo llamado am-ar-i[2], aunque no sabía lo que significaba. Al principio era como un anillo, pero dentro había un tubo que hacía clic y zumbaba muy fuerte, así que daba miedo. Pero fui valiente porque Herman estaba conmigo.

Y luego volvimos a la sala donde viviría un tiempo para que me curaran. Papá y mamá fueron con el médico, y Herman me dio de comer. Una mujer dijo que intentara dejarme comer sola, pero mi prometido replicó que estaba cansada, así que lloraría, y llorar no era necesario en absoluto, y la mujer accedió. Cuando llegaron mis padres, resultó que íbamos a ir al mar, así que Herman se quitó el pijama y se puso lo que nos había dado mi madre: unos bonitos pantalones de colores un poco diferentes y también una especie de camiseta, pero más corta. Se llama bañador, ¿verdad?

Fuimos al mar... Al principio había arena, mucha,

mucha arena, y todo el mundo llevaba bragas, pero mamá tenía un bañador que se parecía al mío. Y luego se acabó la arena blanca y había arena mojada. Y luego vi olas verdes con espuma blanca. ¡Ésa es la cantidad de cosas que recordaba!

Empezaron a enseñarme a nadar. Bueno, más o menos sabía, pero mis piernas... y mi cuello... así que mamá me puso un chaleco naranja y nadé con él. El mar era amargo-salado, y resoplé durante mucho tiempo, y también era cálido y de alguna manera... extraordinario.

Entonces tuvimos que volver, pero no podía separarme del mar, y mis padres lo comprendieron. Pero aun así era necesario volver para comer, tomar pastillas y dormir. El médico me permitió dormir en el hotel e ir al hospital desde allí, porque tenía mucho miedo si me quedaba sin papá y mamá, y no estaba de acuerdo en absoluto quedarme sin Herman.

Los niños no son los únicos que esperan ayuda en la clínica. Los ojos de los padres de estos niños a menudo se iluminan con una esperanza aún mayor. El Dr. Marconi miró a Elsa y Gerhardt, los padres de una niña tan diferente a ellos, y vio esa luz. Comprendió que no era su propia hija,

    VLADARG DELSAT

pero, por supuesto, no preguntó. Los adultos, que habían venido desde Alemania por la niña, debían de considerarla como propia y sin duda la querían, y no debían sentirse heridos por tales preguntas.

"Hablemos de Gabriela", sugirió el médico mientras ponía las imágenes en el negatoscopio[3]. Ya sabía que ambos padres eran médicos, así que probablemente no necesitaban traducción. El Dr. Marconi hablaba inglés con un acento suave y agradable al oído, y su entonación le inspiraba confianza. "Mira, aquí están las articulaciones de las piernas, los brazos y el estado del cuello. Al parecer, la niña estaba desnutrida y la golpearon mucho en su primera infancia".

"No lo sabemos con seguridad, por desgracia", dijo Elsa, mirando las películas que eran más claras que las que hacían en Alemania. "La hija perdió la memoria después de... Tras un paro cardíaco en la escuela, sus antiguos cuidadores están en la cárcel".

"¿Por qué ocurrió eso en la escuela?", se preguntó el médico, y cuando oyó suspirar a Gerhardt, vio que no se le hacía fácil hablar de ello.

"Intento de violencia", dijo Herr Stiller con nostalgia. "Así que sus temores son... Al parecer, también la golpearon, pero es difícil saberlo con seguridad. La enfermedad fue tratada, por supuesto, pero...".

"Ya veo", asintió Alexander Marconi. "Por lo que veo, a

la chica la han golpeado mucho, la han alimentado mal y la han arrastrado por el pelo, lo que le ha dañado el cuello y la cabeza. Hay que operar el cuello. Le pondremos una vértebra protésica y se pondrá bien. Ahora, sobre la cabeza... Trataremos la enfermedad cerebrovascular. No veo nada irreparable, aunque, por supuesto, tendrá problemas de memoria.

"¿Y sus piernas y brazos?" preguntó Elsa, preocupada por Rie.

"Las piernas..." El Dr. Marconi se rascó la nariz, pensativo. "Podrían operarse las articulaciones aquí y aquí, y entonces Gabriela podría andar. Correr es improbable, pero andar seguro que sí. En cuanto a las manos... Es mejor no tocarlas todavía, volveremos a examinarlas a los quince o dieciséis años. Intentaremos fortalecer su corazón y darle minerales y vitaminas, para que pueda llevar una vida normal y tener un hijo cuando llegue el momento. Eso es con lo que sueñan todas".

"Entonces, ¿fortalecer su corazón, tomar vitaminas y minerales, ocuparse de la cabeza y luego las operaciones?". Gerhardt priorizó las tareas, lo que hizo que el italiano le mirara con respeto.

"Sí, así es", respondió Alexander. "Los riesgos deben reducirse al mínimo".

"Dinos, el hecho de que a veces se comporte como una niña de cinco años, a veces como una adolescente y ahora sobre todo como un bebé, ¿hay que tratarlo?".

Por supuesto, Elsa sabía lo del retraso de la edad, pero consideraba a Gabriela como su hija, así que temía equivocarse.

"No tuvo infancia", sonrió tristemente el italiano. "Pero encontró mucho dolor y decepción en los adultos. Y entonces llegaron ustedes, y el chico que cuida de ella, la quiere y ella confía plenamente en él, ya lo veo. La psique de un niño es, por supuesto, muy flexible, pero ahora mismo Gabriela solo está experimentando su infancia, así que no tengan miedo de eso. La época de dolor y miedo pasará, y la niña se convertirá en adulta, pero por ahora, acéptenla tal como es".

"Así nos lo tomamos, sobre todo Herman", se rio entre dientes Gerhardt Stiller y sonrió por algo. "Entonces, ¿qué suma del préstamo deberíamos obtener?".

Tampoco era una cuestión fácil: el tratamiento era bastante caro. Pero la clínica tenía varias opciones, incluido el pago a plazos, porque los Stiller no eran los únicos...

HERMAN ME HA DADO UN BUEN SUSTO HOY. HA PUESTO UNA cara muy severa y me ha dicho que por fin me iban a castigar, así que tenía que prepararme. Sonreí y dije que sí porque era él. Me tumbé obedientemente e incluso me bajé los pantalones del pijama. Daba un poco de miedo, pero entró una señora amable, me elogió por alguna razón y me pinchó el culo. Me dolió, pero no demasiado. Luego Herman me abrazó, y ésa fue la mejor recompensa de todas.

Resultó que me faltaban vi-ta-minas y algo más, así que me tienen que pinchar el culo. Me daba miedo que lo hiciera un desconocido, así que pregunté... Bueno... Al menos deja que lo haga papá, si no puedo tener a Herman. Papá sonrió muy cariñosamente y se ofreció a mi prometido para intentar enseñarle cómo hacerlo correctamente. Herman estaba muy nervioso, lo que hizo que me doliera más que cuando lo hizo la señora, pero no lloré porque era él. Aceptaré cualquier cosa de Herman porque es mi prometido.

"Perdóname, milagro mío", me dijo mi Herman, y yo le sonreí, abrazándole.

"No te disculpes", respondí a mi prometido. - "Todo lo que haces está bien porque eres tú".

Y la señora nos escuchaba y sollozaba. No supe por qué. Quizá se sintió ofendida. Le pregunté a mi padre y me dijo que sollozaba porque yo era un milagro. No lo entendí, pero asentí con la cabeza para no disgustar a papá... bueno... Y papá vio que no lo había entendido y empezó a explicarme:

"Eres un milagro, cariño", me dijo mientras se sentaba a mi lado. "Eres muy dulce y buena, y por eso la gente sonríe y solloza por los fuertes sentimientos, ¿lo entiendes?".

"Lo entiendo, papá".

En ese momento, lo comprendí de verdad. Entonces, mi padre me dijo que me fortalecerían el corazón y me tratarían la memoria para que entendiera más, y luego me tratarían las piernas y el cuello para que pudiera andar. ¡Podría andar! ¡De verdad! ¡Con los pies! No pude evitar llorar. Porque... Bueno, ¡Me encantaría andar! Herman estaba feliz por mí. Los dos estábamos muy contentos porque éramos una familia.

Después de una comida y unas inyecciones, me examinaron y empezó la gimnasia. Herman lo hizo todo conmigo, asegurándose de que no me doliera ni llorara. Mujeres y hombres amables nos elogiaban a los dos, lo que me hacía sonreír y no llorar. Tenía los brazos cansados por la gimnasia, y a veces incluso me costaba respirar, pero me dieron una mascarilla y me resultó más fácil. Porque después hay que esforzarse mucho para caminar. Aceptaría casi cualquier cosa por "caminar". Casi, porque sin Herman, no acepto caminar.

Pero mamá y papá dijeron que no me habrían quitado a Herman, ¡así que aceptaría hacer cualquier cosa! Incluso... incluso si no hubiera habido helado. Lo único que importaba era que mi prometido siempre estuviera allí.

. . .

1. Un sensor del ecógrafo. En algunos casos de síndrome de Ehlers-Danlos, la presión de este sensor es muy dolorosa.

2. Máquina de resonancia magnética.

3. Dispositivo para visualizar radiografías.

miedo a perder a un ser querido

HABÍAMOS PASADO ALLÍ CASI DOS SEMANAS, PERO PAPÁ DIJO que estaríamos aquí un tiempo más porque él y mamá se habían tomado unas vacaciones, así que no teníamos que marcharnos tan pronto. Herman quería decirme algo aquel día, pero no sabía cómo empezar, supuse. Así que le cogí, fruncí las cejas y le miré como si le estuviera pidiendo un helado, él me abrazó con fuerza y empezó a contármelo.

"Hay que arreglarte el cuello", me dijo mi prometido.

Estaba tan serio que hasta me asusté un poco.

"¿Te duele?" preguntó.

Ya estaba un poco asustada de que pudiera doler porque estaba acostumbrada a que no doliera. Las inyecciones no contaban, porque era Herman.

"Te quedarás dormida", me sonrió, aunque pude ver que él también estaba asustado. "Estarás durmiendo y soñando, y luego te despertarás y tendrás que tumbarte.

"Estoy de acuerdo si tú lo dices", yo también me puse seria, pero no lloré, aunque me asusté porque Herman tenía miedo. "¿Por qué tienes miedo?"

"Estoy preocupado por ti, mi milagro", me dijo mi prometido, y yo empecé a sonreír porque era suya.

"Todo irá bien porque te tengo a ti", le dije, y empezó a abrazarme de nuevo, y yo también lo abracé. Porque así somos nosotros.

Por la mañana, querían alejarme de Herman, y lloré. Entonces, la amable señora le dijo que se cambiara y se lavara mientras papá y mamá me abrazaban. Volví a tener miedo, mucho miedo, pero papá me dijo que, si seguía teniendo miedo, no habría helado durante una semana, y ¿cómo iba a estar sin helado? Así que dejé de tener miedo, y entonces vino Herman y fuimos a alguna parte. Me trasladaron a una plataforma, que no era muy cómoda, pero tenía que ser así porque mi prometido lo dijo. La amable señora estaba muy sorprendida de que yo fuera obediente cuando Herman lo decía, pero era Herman, ¿cómo no iba a obedecer?

Me desnudaron... Bueno, Herman me desvistió porque me estaba asustando otra vez, y me cubrió con una sábana para que no estuviera desnuda y tuviera frío.

Fue tan considerado, ¡fue maravilloso! Entonces la señora me quitó el collarín del cuello y me untó algo, pero no lloré porque mi prometido estaba allí. Me pincharon la vena y empecé a quedarme dormida mirando a Herman.

"Te estamos esperando, mi milagro", me dijo mi prometido cuando ya estaba casi dormida.

Y luego estaba durmiendo... Creo que sí, porque Herman y yo corríamos juntos por la playa en bragas y éramos casi completamente adultos. Y me besó como papá besaba a mamá y me dijo que ahora estábamos juntos para siempre. ¡Para siempre jamás! Y, además, cuando corría, ¡no me dolía nada! Qué sueño tan bueno... ¡Ojalá se haga realidad! También soñé que éramos como una mamá y un papá, y que teníamos un niño... Era tan pequeño, pero nos quería igual, y nosotros le queríamos mucho. Porque es un bebé, ¿cómo no quererle? Deseaba tanto que fuera verdad... Pues, ¡por favor, que se haga realidad!

noticias, sufriendo de ansiedad y preocupándose por su hijita, por este pequeño milagro. Gerhardt, como siempre, se mantuvo firme porque tenía una voluntad de hierro. Elsa lloraba suavemente porque estaba muy preocupada. Herman estaba atormentado por sus sentimientos, de vez en cuando saltaba de la silla y caminaba por el pasillo.

"¿Estás seguro de que se pondrá bien?", preguntó lastimeramente el chico, temblando de miedo por perder a Rie.

"Lo hará", dijo el padre con calma, se levantó y abrazó a su hijo. "Tienes que tener fe y no llorar".

"Da mucho miedo, papá", confesó Herman, "estoy aterrorizado. Se estaba quedando dormida y me miraba... Vivirá, ¿verdad?".

"Lo hará", Elsa se secó las lágrimas, se levantó y abrazó al niño y a su marido, "Rie vivirá, se pondrá bien. Te lo prometo".

"Me lo creo, mamá", intentó convencerse Herman, "resulta que la quiero tanto... No puedo imaginarme qué pasaría si...".

"Nada de 'si', hijo", interrumpió Gerhardt al chico, tirando de él para acercarlo más, "Todos queremos a Rie de la misma forma en que ella nos quiere... Tú eres la última verdad para ella".

El padre sonrió alegremente.

"Sí, me quiere", asintió Herman, "A veces creo que no te quiero lo suficiente comparado con esto que siento por ella.

Sabes... Cuando me imagino que le pasa algo, me estremezco. Oh, por favor, ¡no dejes que le pase nada! Por favor, papá".

Era un grito desde el corazón. Un hechizo feroz y esperanzado del niño que temía perder a su milagro, la persona que poco a poco se estaba convirtiendo en la más importante de su vida. Incluso más importante que su mamá y papá.

Los Stiller lo comprendieron perfectamente. Intentaron calmar a su hijo, luchando por controlar sus propios sentimientos. Cuando el médico entró en la sala de espera y, en silencio, les dio el visto bueno, Elsa se desmayó a causa del gran alivio y asustó a Herman una vez más. Pero estaba seguro de que su gatita ya estaba bien. Los médicos sonreían. Enseguida mostraron al chico a la niña dormida y éste vio que habían tenido que afeitarle el pelo a causa de la operación. Herman miraba a Rie con una sonrisa, repitiendo como un mantra: "Todo irá bien".

Entonces, me desperté. Al principio, no sentía nada, ni siquiera a mí misma, y estaba a punto de asustarme, pero entró un hombre. Arregló algo y sonrió. Yo también le sonreí e intenté preguntarle dónde estaba Herman, pero el hombre se fue, y entonces lloré. La amable señora, que estaba allí antes del sueño, vino y trajo a Herman porque lo entendía. Mi prometido me miró con los ojos húmedos y sonrió feliz. Se nota cuando la gente es feliz, así que él era feliz mirándome. Y yo me alegré por él, aunque por alguna razón no podía acercármele.

"No te asustes, pequeña -me dijo mi Herman, acariciándome suavemente la cabeza-, la anestesia pasará pronto y podrás volver a moverte. Lo importante es que estás con nosotros".

"Siempre estaré contigo", prometí.

Por alguna razón, mi voz estaba muy ronca y tenía sed. Herman me dejó beber un poco porque no podía tomar demasiado de una vez. Entonces, mis brazos e incluso mis piernas empezaron a moverse. Ni siquiera me dolían cuando se movían. ¡Era tan raro!

"Estaba tan preocupado por ti", me dijo mi prometido más querido del mundo, "porque te quiero tanto".

"Te quiero mucho, mucho", respondí porque era verdad, "¡Porque eres tú!".

Y luego, necesitaba tumbarme y dormir un poco más, pero Herman debía sentarse conmigo porque si no, me pondría a llorar. No porque estuviera triste, sino porque estaba bien. pero no quería separarme de mi prometido. Y él tampoco quería, ¡él mismo me lo dijo! Así que pedí que lo dejaran quedase conmigo porque lo necesitaba a mi lado. El doctor dijo que no había problema porque confiaba en Herman. ¡Yo estaba feliz! Todo el mundo lo entendió.

Me tumbé un rato, y entonces empezaron a tratarme a mí y a Herman, claro, porque tenía miedo sin él, y tener miedo era algo malo. Y no necesitábamos nada malo, eso era lo que decía papá. Y mi prometido también lo dice, así que es cierto. Me trataron y me trataron, ¡y luego me quitaron el collar! ¡Y no pasó nada! Bueno, no me dolía, podía respirar igual de bien, solo que el cuello se me cansaba rápidamente, pero por eso empezaron a tratarlo. Para distraerme, bueno, eso creía yo, jugamos diferentes juegos, y luego nadamos en el mar y volvimos a jugar. Me cortaron el pelo para la operación, pero Herman dijo que volvería a crecer, y de todas formas yo era la más guapa, así que no lloré. Herman lo sabía mejor que nadie, ¿verdad?

Y luego, tuvimos que irnos porque mamá y papá tenían trabajo que hacer. Las demás operaciones se pospusieron para no asustar a mi Herman. Hasta ese momento no me di cuenta de lo asustado que estaba de perderme. ¡Era lo mejor del mundo! No hay forma de que me disguste con él. Me di un último baño en el mar y nos fuimos por la mañana. Estaba un poco triste, sobre todo por tener que volver a usar el pañal, pero Herman me trajo un helado para que no llorara. Dijo eso, aunque yo intenté no llorar porque no se puede utilizar algo como el helado para impedir llorar por cosas tan tontas.

Volábamos a casa, y yo llevaba en el corazón un trozo de la soleada Italia y la sonrisa del médico mágico. El médico llamado Marconi resultó ser un verdadero hacedor de milagros, pude estar sin collarín, mis piernas empezaron a moverse, y también me sentí más ligera allí, en mi interior. Porque no puedes lloriquear cuando te quieren así... Volábamos de vuelta, y yo solo miraba a mi Herman, incluso cuando me dormía porque era él.

Nada había cambiado en casa, así que nos sentamos a la mesa. Tenía que comer, luego las pastillas, luego dormir, estudiar... Ahora tenía una rutina muy estricta, como decía papá, "ni tiempo libre ni vacaciones", pero era solo para que me sintiera bien. Y para ello, me tomaba un helado y un tubo de nata. Pero no al mismo tiempo: o uno u otro, así que a veces era difícil elegir, pero Herman se las ingenió para ayudarme: dividimos el helado y la pajita en dos, así que conseguimos los dos.

"La escuela empieza en septiembre", nos dijo papá e inmediatamente preguntó: "¿Intentamos ir allí o preferís estudiar en casa?".

"Lo que diga Herman es lo correcto", respondí inmediatamente, y mi prometido me abrazó. Podía abrazarme porque todo estaba curado, ¡cierto!

Mi prometido dijo que lo probáramos en casa y que,

si no me asustaba, entonces probaríamos en el colegio, pero que, si lo hacía, lo olvidáramos. Y papá estuvo de acuerdo con lo de "olvidarlo". Dijo que para él éramos más importantes que todas las escuelas del mundo. Fue tan cálido que lloré, pero enseguida me calmé. Menos mal que soy de mamá, de papá y, sobre todo, de Herman. ¡Era la persona más feliz del mundo!

En casa estaba bien, incluso podía estudiar cuarenta minutos seguidos sin llorar de cansancio. Nos educaban en casa, así que los dos recibíamos créditos por ese año. Papá me explicó que yo aún no podía hacer exámenes y que Herman sí, pero yo me ponía nerviosa y, de nuevo, no podíamos permitirlo, así que lo haríamos de la siguiente manera: mientras Herman escribía, yo me sentaba a su lado y contestaba lo que podía oralmente porque escribir me hacía mucho daño. En la escuela también decían que me hacía mucho daño escribir.

También me asustaba que en la escuela hubiera ese... Bueno...[1] Papá me explicó que aquello ya había pasado. Al menos, así lo entendí yo, así que sonreí. Si mi prometido no corría ningún peligro, estaría tranquila. Lo principal era que no le ocurriera nada a él. A veces seguía pensando que yo no era importante, pero Herman dijo que se ofendería si seguí pensando eso, y dejé esa idea de lado porque no quería que mi prometido se ofendiera en absoluto. Lo que dijo me dio mucho miedo, era lo peor. Así que le dije que sería obediente, y ya no pensaría así.

Nos invitaron a la escuela. Me estaba preparando con Herman, y todos estábamos preocupados. Y en el colegio, resultó que los profesores también estaban preocupados porque no querían que me sintiera mal. Me quedé muy sorprendida, pero Herman me dijo que no pasaba nada. Y mi prometido también me dijo que no me preocupara para que mi corazón no enfermara, y le dije que lo intentaría. Y lo intenté con todas mis fuerzas.

Nos dieron tareas. Herman se sentó a escribir, y yo leí y no entendí nada al principio. De repente me asusté. Recordé que había prometido no preocuparme, así que volví a leer. Eran matemáticas, algo con una ecuación cuadrática. Pensé que quizá lo entendería más tarde y empecé a hacer otra tarea, pero de nuevo, no pude hacerla. Era tan doloroso porque, en casa, ¡podía hacerlo todo con tanta facilidad! ¿Por qué no podía hacerlo ahora? Lloré en voz baja, intentando no distraer a Herman, pero él, de algún modo, lo percibió, dejó caer su bolígrafo y empezó a abrazarme y a preguntarme:

"¿Qué te ha pasado, pequeña? ¿Qué te pasa?".

Y la profesora nos miró con simpatía, nos comprendió.

"No puedo hacerlo, soy estúpida", intenté explicarle entre lágrimas, pero él me besó los ojos y me consoló.

"Está bien, pequeña, vamos a solucionarlo juntos".

Herman estaba completamente concentrado en mí, olvidándose de su examen.

"Tienes que escribir. Déjame llorar mientras escribes", le pedí.

Pero mi prometido dijo que no había nada en el mundo más importante que yo, y esas palabras me hicieron llorar aún más, pero de otra manera. No era de tristeza, sino de afecto y calidez. Estábamos sentados e intentábamos aclarar las cosas, y empecé a comprender algunos puntos. La profesora se puso a nuestro lado y escuchó cómo Herman me lo explicaba, y luego se limitó a sonreír y a decir que lo había entendido todo. Más tarde, me enteré de que le había puesto una nota excelente a mi novio, porque si podía explicarlo así, es que lo sabía. Pero es Herman, lo sabía todo.

Ya no era así con el alemán, podía decir muchas cosas, y el profesor estaba contento, solo que no se acercaba demasiado para no asustarme. Y entonces, de alguna manera, terminaron los exámenes, y nos felicitaron a Herman y a mí, diciendo lo buenos que éramos.

Y yo dije que todo era mérito de Herman porque era el mejor.

Aquella niña y su niño eran el motivo de las largas conversaciones entre los profesores. El hecho de que los niños estaban muy unidos era evidente para los profesores experimentados. La niña enferma y su hermano, que la cuidaban como no todos los padres cuidan a sus hijos. La niña, por supuesto, dio un pequeño susto a los profesores que sabían que casi muere en la escuela anterior, así que todos decidieron darle crédito por lo que podía hacer. De repente, resultó que la joven solo era muy mala en matemáticas complicadas, pero todo lo demás estaba a un nivel muy decente. Cuando se lo comunicaron a sus padres, les dijeron que algunas neuronas de la niña no funcionaban, pero que, a pesar de ello, se esforzaba. Los examinadores decidieron apoyar a esta familia. La niña y su hermano no se rindieron.

Mis padres estaban muy contentos porque, en septiembre, podríamos ir a la escuela secundaria. Yo no sabía cuál era la diferencia, pero papá dijo que Herman y yo éramos muy buenos, y nos llevó al parque de atracciones. Me di cuenta de que no era tonta, solo que no se me daban bien las matemáticas, y mi prometido me explicó que no se puede ser brillante en todo, así que no pasa nada si no sabes hacer algo. Y yo estuve de acuerdo, ¡porque eso es lo que decía Herman!

La escuela terminó el primer día, que casi se convirtió en mi último día. Si papá no hubiera estado esperando fuera de la escuela, no sé qué habría pasado. Pero ¡era papá! Decidió quedarse y...

Empezó bien. Los chicos y chicas de la nueva clase no eran muy simpáticos, pero no me importaba porque tenía a Herman.

Y entonces vino el profesor. Supongo que no vio que yo iba en silla de ruedas. Eso fue lo que me explicó mi padre más tarde, para que no me asustara demasiado. En la nueva clase, se suponía que debía ponerme de pie cuando entrara el profesor porque era su costumbre, pero no pude...

"¿Por qué es tan antipática la chica?", preguntó aquel hombre, volviéndose muy asustadizo.

"Está en una silla de ruedas", intentó explicar Herman, pero el profesor no le hizo caso.

"Ahora voy a comprobar qué impide a la Frau levantarse", dijo, y me entraron ganas de llorar.

El hombre se acercaba cada vez más despacio y daba tanto miedo que empecé a asustarme. Herman intentó detener al hombre y explicarle que no debía asustarme, pero era más fuerte que mi prometido. Cuando Herman se cayó, cerré los ojos y chillé tan fuerte como pude.

Papá salió de la nada, le dio un puñetazo a este... hombre aterrador y se abalanzó sobre mí. Lo supe más tarde, pero en aquel momento me desmayé, lo que asustó tanto a papá como a Herman. Mi novio estaba preocupado porque no podía protegerme, y papá dijo que alguien estaba sujetando a Herman y que había más. Daba tanto miedo que yo... bueno... Entonces Herman me vistió porque ya no podía hacer nada por mí misma. Temblaba tanto de miedo que la silla de ruedas temblaba conmigo. Papá llamó a la policía y también a un coche médico para que me calmaran. Me metieron dentro y a Herman también porque estaba muy pálido. Abracé a mi prometido y le pedí que me escondiera, y luego ya no me acuerdo.

Así terminaron las clases. Tanto Herman como yo fuimos al hospital durante un tiempo y luego nos quedamos en casa. Resultó que había perdido la voz, así que durante mucho tiempo solo susurraba, pero tenía mucho miedo incluso de ir al baño sin Herman.

Y algo se estropeó en el corazón de Herman cuando se asustó por mí, así que también le estuvieron poniendo inyecciones desde ese momento hasta que mejoró. Yo también las recibía para hacerle compañía.

"¿Es por mí por lo que Herman se siente mal?". le

pregunté a mi padre, que estaba muy enfadado, pero no con nosotros, sino con el colegio.

"No, cariño, es por el colegio", contestó papá.

Mi madre también lo confirmó, así que no pedí que me castigaran. Además, mi prometido me abrazó y me pidió que no muriera, así que se lo prometí y tuve que cumplir mi palabra. Pero de vez en cuando tenía miedo de la escuela... bueno... por la noche... Así que, por la noche, Herman me ponía un pañal para que estuviera cómoda.

Empecé a tener mucho miedo de los extraños, pero un día, mi padre trajo a una señora, era amable. Habló conmigo y con Herman durante mucho tiempo, porque sin Herman yo solo lloraba. La señora me dio un caramelo, pero primero se lo pedí a mi prometido y lo cogí cuando me dijo que podía. Parecía que me había vuelto muy pequeña otra vez.

Ya no íbamos a la escuela, los profesores venían a vernos porque aquella señora les dijo a papá y a mamá que sería mejor tanto para mí como para Herman. Nos educaban en casa, y poco a poco fui superando mi miedo a los profesores cuando mi prometido estaba cerca. Y yo tenía mucho miedo sin él y Herman decía que tenía miedo de dejarme sola, así que siempre estábamos juntos. Bueno, era mi prometido. Así que era lo correcto.

Papá dijo que hubo un juicio para aquel profesor que

daba miedo, y allí él se defendió diciendo que me quiso hacer una broma. ¿Es eso algún tipo de broma? ¡Ojalá alguien le hubiera hecho lo mismo a él! Lloré cuando lo oí. También me di cuenta de que era la chica más afortunada del mundo porque tenía una mamá y un papá y a Herman que me querían y nunca harían una broma así. Mi prometido me abrazaba incluso más a menudo que antes, y yo me sentía bien... Salvo que a veces, por la noche, el recuerdo del profesor aterrador llegaba a mis sueños y hacía algo con los pantalones que me hacía entrar en pánico, y mi Herman me despertaba.

"Sin duda saldremos de ésta", repitió Herman.

Y papá dijo que probablemente nos mudaríamos pronto. No entendía por qué, pero si papá lo decía, debía de ser lo correcto. No sabía si nos mudaríamos a otro lugar o a otra casa. Pero eso no es importante, pensé...

"¿De la ciudad o del campo?" preguntó mi prometido, el mejor prometido del mundo.

"Ojalá pudiéramos mudarnos a Italia", soñé.

Italia era preciosa y me gustaba, pero mi padre me dijo que allí tendría que aprender otro idioma y me resultaba difícil.

"Le daremos otra oportunidad a Alemania", mamá sonrió con tanta dulzura que quise acurrucarme en sus brazos. "Lo más importante es que mi niña se lo pase bien".

"Tendré que hacerlo", respondí, "porque te tengo a ti y tú me tienes a mí, ¿verdad?".

"Sí, querida".

Mi madre me abrazó y también a mi prometido, porque éramos inseparables, como si hubiéramos estado unidos desde siempre. Bueno... Yo lo sentía así... Y si realmente quieres algo, supongo que puedes.

Mamá era muy cariñosa y tierna. Y papá era la persona más fuerte y fiable. Y luego estaba mi Herman. Y también estaba yo. Y siempre lo estaré porque lo prometí, y hay que cumplir las promesas, dijo mi prometido. Eso decía también papá. Y elos sabían exactamente lo que era correcto.

1. La chica se refiere al castigo físico, pero no recuerda cuándo se prohibió, ya que ha recibido información al respecto de fuentes poco fiables.

Nos mudábamos... Primero mamá y papá nos enseñaron a Herman y a mí dónde íbamos a vivir. Era un pueblo y una casa preciosa casi en el bosque, y ya lo habían hecho todo por mí, para que pudiera ir a todas partes. Y nuestra habitación era como... ¡Tenía una ventana enorme! Mamá dijo que incluso podíamos ver las estrellas desde esa ventana cuando nos tumbáramos. ¡Era genial!

Nos mudábamos para no asustarme, así que al principio Herman y yo estuvimos unas horas en el hospital. Bueno, eso dijo papá, y yo era una buena chica, así que me quedé allí abrazada a Herman mientras él me cuidaba. Acariciándome y aceitándome y... y dándome de comer también. Me alimentaba con tanta ternura que era imposible no comer. Las enfermeras venían a nuestra habitación a ver a Herman. Porque él era un verdadero milagro, aunque decía que yo era el milagro... ¡Pero en realidad era él!

Y entonces llegaron papá y mamá. Herman me vistió para salir, porque fuera ya hacía frío, y me llevó. No dejaba que nadie me tocara, todo lo hacía él, y ni siquiera me dejaba hacerlo a mí, no sabía por qué. Mi Herman me permitía ser muy pequeña, me abrigaba con su calor que me daban ganas de llorar por las emociones...

Condujimos durante mucho tiempo: una hora, quizá más, pero apenas me di cuenta gracias a Herman. Mi prometido me abrazó diciéndome que todo iba a ir bien a partir de ahora, y que en invierno volveríamos a Italia para que me arreglaran las piernas... para que me dejaran... Caminar... Era como la promesa de un milagro... Bueno, ya estaba llorando otra vez. Soy una llorona.

"Herman, dime, ¿es malo que sea una llorona?".

"No eres una llorona", me acarició mi Herman, "eres un milagro, solo tienes muchas emociones".

Y me lo creí, porque cómo no iba a creer a mi prometido, ¡es Herman! Y también a papá y mamá.

Papá me subió en brazos porque me echaba de menos, dijo. ¡Y allí estaba! Una cama enorme para Herman y para mí, y una mesa para estudiar, y... una gran caja blanca con ruedas. Me pregunté qué sería.

"Es un concentrador de oxígeno, hija", explicó el mejor papá del mundo. "Harás ejercicios y te ayudará".

"¿En qué me va a ayudar?"

Me imaginé una gran caja blanca con ruedas haciendo las cuentas por mí y me reí entre dientes.

"Ya verás", sonrió papá.

Luego comimos. Herman incluso me dejó comer sola porque me porté bien. No se enfadó en absoluto porque se me derramara la sopa encima cuando ya tenía la mano cansada. De alguna manera, empecé a cansarme rápidamente después de aquel día terrible, pero papá dijo que mejoraría.

"Todo va a salir bien", me sonrió mamá.

Confiaba en papá y mamá. Estaba bien que te pincharan el culo, aunque doliera, porque las manos de Herman...

Cuando terminé de comer con la ayuda de mi prometido, llegó la hora del masaje, las inyecciones y más pastillas de varios tipos, bueno, como de costumbre, para que no me doliera nada. ¡Era una bendición que solo me dolieran las nalgas después de una inyección! Las chicas sanas probablemente no sepan lo que significa... Y eso es bueno, porque cuando duele, es malo, dijo Herman. Y eso también dijo papá. Y no me volvió a doler nada desde entonces, gracias a la medicina, aunque tuviera que usarla siempre.

Cuando nos fuimos a la cama, puse cara de pena para hablar con papá, porque él podía hacer cualquier cosa.

"Papá, he soñado que Herman y yo éramos como tú y mamá, y que teníamos un bebé. Tendré un bebé, ¿verdad?".

"Lo harás", dijo el mejor papá del mundo, y Herman empezó a secarse los ojos como si hubiera tenido unas anti-ojeras en ellos. "Dormid, niños".

Y nos fuimos a dormir. Al principio, Herman me puso un pañal para que no "nadara" por la noche, como él lo llamaba, para que no llorara por ello. Luego, me contó un cuento y me abrazó, y el cuento hizo que se me cerraran los ojos. Ni siquiera me di cuenta de cómo me quedaba dormida porque estaba soñando con aquel cuento de hadas y entonces nuestro bebé dijo: "Mamá, te estoy esperando", y creo que lloré en sueños.

"Con eso sueñan todas", recordó Herr Stiller las palabras del Dr. Marconi. Con cuánta esperanza lo miró la niña haciendo esa pregunta, incluso Herman lloró. "Lo tendrás todo, pequeña", pensó Gerhardt. "Haremos todo por ti, solo sigue viviendo".

La casa nueva era muy bonita. A Herman y a mí nos encantaba mirar las estrellas, admirarlas. Incluso parecía que yo había crecido un poco, que había dejado de ser tan pequeña… ¿O no? No lo sabía. Y mi prometido me dijo que no pensara en ello porque no tenía por qué hacerlo. Y lo intenté, pero me resultaba muy difícil no pensar en ese aspecto.

Además, las clases empezaron de nuevo, pero los profesores eran diferentes. Eran muy amables, no se enfadaban y no querían comprobar por qué no me levantaba. Papá no quería mandarnos a la escuela. Y descubrí cómo me ayudaba la caja grande. Había un tubo que subía hasta mi nariz y soplaba. Por alguna razón, cuando soplaba, me resultaba más fácil aprender. Lo entendía todo enseguida, incluso en matemáticas, aunque al principio tenía mucho miedo. Pero mi prometido me dijo que todo saldría bien y así fue, porque era Herman. De repente empecé a entenderlo todo…

"Herman, mira, ¿es así?"

Le miré a los ojos, intentando ver allí una respuesta. Pero solo había calidez y ternura.

"Sí, Rie", asintió y me besó la mejilla, "Eres una buena chica".

Lo dijo tan suavemente que me dieron ganas de llorar porque me inundó de felicidad. Y los profesores no se enfadaron cuando Herman me abrazó y me besó, lo comprendieron, se alegraron con él por... ¿mí? ¿Era porque lo estaba haciendo bien? Era como un cuento de hadas. A veces, me encontraba pensando que vivía en un cuento de hadas. No en el que una vez creí vivir, sino en el de verdad, el de Herman y mamá y papá y la niña a la que sin duda le iría bien, solo había que esperar un poco. Y yo era obediente, así que estaba tranquila. E incluso aceptaba que me castigaran si era necesario para hacerlo bien. Pero no me castigarían, ya lo sabía, porque me querían.

A veces tenía la sensación de que siempre me habían querido. Pero seguía recordando que, mucho tiempo atrás, había una chica llamada Mariana a la que nadie quería, así que apreciaría todo lo que tuviera de aquel momento... mucho, mucho. Eso le dije a Herman, que haría cualquier cosa con tal de que nadie se lo llevara. Y mi prometido dijo que nadie se lo llevaría, porque lo tenía para siempre. Como en aquel sueño.

El tiempo pasó volando casi imperceptiblemente, y entonces papá dijo que muy pronto volaríamos a Italia. Para curarme... Era un verdadero cuento de hadas... Herman me dio masajes, me hizo cosquillas y me dijo que muy pronto, quizá incluso en verano, podría andar. Bueno, con mis piernas, ¿te imaginas? También fui capaz de hacer un examen de matemáticas sin llorar ni una sola vez, ¡verdad! Papá dijo que íbamos a celebrar una fiesta, así que salimos fuera. Yo tenía uno de esos monos especiales que te permiten rodar por la nieve. Me gustaba mucho rodar por la nieve, y Herman lo sabía. Así que lo hicimos, y luego hubo fuegos artificiales: eran unas luces preciosas que subían al cielo y explotaban en formas de estrellas. Y había una tarta... No era muy dulce, porque yo no podía comer demasiadas cosas dulces, pero era una tarta entera de gelatina de colores, que se me permitió comer. ¡Toda la que pudiera! Y me la comí toda, por supuesto, porque, bueno, era la felicidad.

Solo unos días después volvimos a volar. Ya no tenía miedo de nadie, porque Herman estaba allí, y papá y mamá, por supuesto. Sabía que podían protegerme de todo, así que no tenía miedo. Mi miedo se escapó por alguna parte cuando Herman me abrazó. Solo un rápido olfateo y desapareció...

No hablaré del avión porque no había cambiado nada. Todo era igual que en verano, solo que esta vez volé con un abrigo de piel porque tardaban mucho en cambiarme el mono y no había necesidad de torturarme, como decía mi padre, así que ya no tenía miedo del control de pasaportes y en general era muy muy valiente gracias a Herman. Incluso me elogiaban por no tener miedo a nada. Bueno, tenía miedo, claro, pero no tanto como en verano, porque sabía que me ayudarían, ¡sí!

Y entonces llegamos y fuimos al hospital a ver al médico, que era un verdadero ángel porque ayudaba a todo el mundo.

"Qué quieres que te diga..." El Dr. Marconi volvió a examinar detenidamente las pruebas diagnósticas y sonrió. "Muy bien, una compensación inesperadamente rápida. ¿Y la psicología?"

"Cinco, quizá seis años", suspiró Herr Stiller. "Pero la hace sentir mejor. Ya está hablando de tener un bebé".

"No lo fuerces", le aconsejó el médico. Era especialista en enfermedades raras y extremadamente raras. "Esto ya es muy bueno: piensa en el futuro, no en la muerte".

"Lo entendemos", Elsa miró a su colega con más esperanza aún de la que tenía la chica.

"Operaremos las piernas", decidió el Dr. Marconi. "El corazón aguanta, y el soporte de oxígeno seguirá estando, pero lo principal es que el corazón aguante.

"¿Cuándo?" preguntó brevemente Gerhardt, pensando que Herman volvería a preocuparse.

"Mañana", respondió el colega con la misma brevedad. "Mañana arreglaremos las piernas de la niña".

Probablemente me habría asustado mucho si Herman no me hubiera preparado de antemano. Podía ver lo preocupado y lo asustado que estaba, pero mi prometido sonreía porque "hurra". Pronto me llevarían a un lugar donde dormiría y, mientras tanto, el amable médico me arreglaría las piernas para que pudiera andar. No enseguida, sino más tarde, ¡pero ocurriría! ¡Pronto podría andar! ¡Por mí misma! ¡Con mis propias piernas!

Herman me abrazó cuando vinieron a trasladarme, cuando me inyectaron y me pusieron la mascarilla. Me acompañó hasta las grandes puertas blancas y me quedé dormida mirando sus ojos imposibles y mágicos. Me miraba tan cariñosamente, prometiéndome que esperaría; no me hizo sentir miedo en absoluto, solo sueño.

"Vuelve pronto, amor", me dijo mi prometido.

Él... me llamaba "amor", así que no era solo por diversión, ¿verdad? ¿Significaba eso que lo sentía de verdad? Y me dormí feliz. Soñaba con pasear y nadar junto a él y también con bailar. Una vez vi un baile tan bonito en la tele: un chico le daba vueltas a una chica y ella reía tan feliz... ¡Yo también voy a hacer eso!

Herman, a pesar de todas las persuasiones, no podía estarse quieto: miraba a los ojos a todos los médicos que salían del quirófano. Y todos, todos le decían al chico que todo iba a salir bien. Los adultos, los hombres vestidos de verde que tenían prisa, se detuvieron para apoyar Herman, que casi lloraba.

"No te preocupes, muchacho, todo saldrá bien", le sonrió otro médico, "Tu niña vivirá, caminará, tal vez incluso corra".

"¿Y si...?", susurró Herman Stiller, "¿Y si pasa algo?".

"No pienses en cosas malas, muchacho, no debes hacerlo", le explicó el médico con seriedad, "Tienes que creer que todo saldrá bien".

"¡Yo... lo haré!", exclamó el chico.

Su madre le abrazó, sonriendo tristemente. Y el médico se apresuró a seguir adelante, pensando en cuántas personas había, para quienes la sala de operaciones era la última esperanza.

Terminó la operación, trasladaron a Rie a la unidad de cuidados intensivos, algo habitual, y Herman pudo verla inmediatamente, para asegurarse de que su niña estaba viva. Cada día Rie estaba más cerca del chico, como una mano, por ejemplo; él no podía imaginarse estar separado de ella. Tanto su madre como su padre lo comprendían. Al fin y al cabo, la chica le quería de una forma que solo ocurría en los cuentos de hadas.

Entonces, abrí los ojos y allí estaba Herman. Me acariciaba y me decía algo en voz baja, pero yo lo oía igualmente. Porque no estaba soñando: me estaba llamando su amor y su más querida. Inmediatamente me puse muy contenta, ¡era imposible saber cuánto! Así que sonreí a Herman, a mi madre, a mi padre, al médico e incluso a la enfermera... No podía levantarme, pero no quería dormirme sin mi prometido, y me dispuse a llorar. El amable médico me acarició y me dijo que estaba bien. Y comprendí lo que significaba "bien" solo cuando me sacaron de... este... pozo, donde estaba tumbada y me metieron en la cama, y enseguida hicieron una cama para Herman cerca de mí, para que no llorara.

Resultó que yo también era muy, muy importante aquí. Aquello me sorprendió tanto que volví a preguntar, y la enfermera sonrió y me acarició. ¿Era eso una respuesta?

"Ésa es la respuesta, amor", me explicó mi chico. "Eres muy importante porque eres tú".

"Te quiero", le dije porque sí, "¡eres el mejor!".

"Mi milagro", sonrió mi prometido. "Eres mía y no te entregaré a nadie más".

"No me entregues a nadie, por favor", le pedí.

Me prometió que nunca lo haría, y volví a ser muy feliz. Porque tenía a Herman. Y él me tenía a mí. Y también teníamos a mamá y papá, que eran los mejores y nunca nos traicionarían... Yo creía...

Se curó bien, dijo el médico, porque me pusieron una máquina especial en los pies, pero no recordaba su nombre. Y Herman dijo que aún no podía mirarme los pies, y no lo hice porque era muy obediente, demasiado; incluso mi prometido dijo que era obediente y dulce y también querida. Empezó a decirme mucho eso, lo que hizo que se me hinchara el pecho y quisiera sonreír cada vez más.

De algún modo, de repente dejé de ser una llorona... ¿Quizá era porque iba a caminar? Lo sabía porque Herman lo había dicho. Y cuando se me curaron las piernas, me dieron un masaje y Herman me acarició; me sentí tan bien, hasta el punto de ronronear. Un día, descubrí que me crecía pelo "ahí" y me asusté mucho. Le pregunté a mamá por qué me crecía, y mamá sonrió diciendo que me estaba preparando para ser una señorita.

"Herman, ¿eso es bueno o malo?". pregunté inmediatamente a mi prometido.

Se quedó un poco confuso, pero luego dijo que no pasaba nada. De todas formas, no éramos tímidos el uno con el otro, aunque estuviéramos creciendo, porque éramos familia. Creo que sí, y Herman se limitó a sonreír y a decirme lo buena que era. Él fue el verdadero milagro de mi vida. Supongo que vivo porque lo tengo a él.

"¿Te duelen las piernas?" me preguntó el Dr. Marconi, y le dije sinceramente que sí. Volvió a reñirme porque no se lo dije enseguida, pero muy suavemente, ni siquiera me dieron ganas de llorar. "Te pondrás bien, podrás andar".

Pasaron dos semanas y un día me enseñaron las piernas, que no me dolían. Tenían cicatrices, pero no pasaba nada porque a Herman le gustaba todo, y eso es lo más importante. Ahora necesitaba que me dieran masajes y me entrenaran, y entonces... Entonces, un día, podría ponerme de pie. ¡Por mí misma! Me pondría de pie y abrazaría a mi Herman como en un sueño, porque él era mi milagro. El milagro más maravilloso del mundo. Yo era feliz.

Nos íbamos, pero no lloré porque sabía que caminaría, que sin duda caminaría. Y también bailaría, porque el buen Dr. Marconi me había arreglado las piernas. ¿No era una bendición? Pues sí. Y Herman, probablemente era aún más feliz que yo porque nos teníamos el uno al otro y siempre lo haríamos. Tanto papá como mamá estaban de acuerdo en que siempre sería así, ¡porque era Herman!

EL INVIERNO PASÓ VOLANDO Y ENTONCES, UN HERMOSO DÍA... Muy hermoso, sin duda, ocurrió algo que recordaré para siempre. ¡Me pusieron en pie! Me quedé agarrada a Herman y lloré. Estaba llorando, no sabía por qué, porque Herman me sujetaba y yo le abrazaba, casi colgada de él, y lloraba. Todo a mi alrededor era tan aterrador porque me sentía muy, muy alta, inusualmente.

"Mi niña, mi milagro", me susurró mi Herman.

Me comprendió perfectamente. Y cómo podía ser de otra manera, ¡al fin y al cabo era Herman! No podía creer que estuviera de pie... Lástima que no fuera por mucho tiempo, pero lo más importante era que ¡podía estar de pie! ¡Sí! ¡Podía!

"Buena chica, cariño", me acarició papá, "¡Lo vas a hacer muy bien!".

Y mamá lloró conmigo. Ella también estaba contenta.

Hacía tiempo que había olvidado que papá y mamá no eran mi verdadera familia, porque realmente lo eran. ¡Me querían tanto! Nunca había imaginado que fuera posible quererles tanto. A veces pensaba que quería menos a Herman, pero mamá decía que era diferente porque yo era su hija pequeña. ¡Cuánta ternura hay en esa sola palabra! Probablemente no todo el mundo podrá entenderlo, porque hay niñas que están acostumbradas a tener una mamá y un papá que las quieren como si solo hubiera una hija o un hijo en el mundo, pero yo... Fue un milagro, la verdad, un verdadero milagro...

No tardé mucho en poder estar de pie durante un minuto entero. Pero un día, de repente, me sentí triste. De alguna manera me sentí triste y vacía, pensé que nunca podría volver a andar y que estaba soñando todo eso. Y entonces vi en mi sueño que volvía a ser Mariana y que me pegaban otra vez, solo que no en el culo, sino... en otra parte. Me dolió tanto que grité y abrí los ojos, pero fue como si el sueño hubiera venido conmigo: Me meaba con algo oscuro y estaba aterrorizada y... no me acuerdo.

Me desperté en bragas, un tipo extraño de bragas. Herman me abrazó y mamá me acarició la cabeza. En cuanto me desperté, me dieron una pastilla y me dijeron que se me pasaría. Resultó que tenía me-nar-che[1]. Al principio no entendía qué era y por qué me dolía tanto, pero mamá me explicó que a todas las niñas les pasa una vez al mes y que eso significaba que yo estaba mejorando. Porque una niña se convierte en toda una señorita, preparándose para tener un bebé. Es cierto que aún quedaba mucho para tener un bebé, pero ahora tenía que aprender a no tener miedo de la sangre "de allí". Resultó que asusté mucho a Herman con mis gritos, así que le pedí disculpas durante mucho tiempo.

"Lo siento, lo siento", abracé a mi prometido porque estaba muy asustada.

" No pasa nada, mi pequeña".

Herman estaba muy pálido, pero no estaba enfadado conmigo. No sabía por qué.

"No lo hice a propósito", le dije.

Mi prometido se rio, y mamá también se rio, y papá también sonrió después. Eso significaba que no estaban enfadados conmigo, incluso le pregunté a papá.

"Es normal menstruar, cariño", contestó papá y volvió a sonreír. "No tienes nada de qué disculparte, nadie se enfadará contigo por eso".

"¿No me crees?" Herman fingió ofenderse, pero noté una sonrisa en su rostro, y cuando alguien se ofende, llora, no sonríe.

Y yo también sonreí...

Durante cinco días, "ahí" y mi barriga me dolieron, pero las pastillas me ayudaron, así que intenté no llorar, y me elogiaron y abrazaron. Luego se acabó, Herman me lavó porque tenía miedo de tocarme "ahí", y entonces vino mamá y me habló de las compresas porque no podía usar tampones, y en cuanto a las compresas, se pegan a las bragas y se beben la sangre que me sale. Pero no era para tanto porque todas las chicas lo tienen, así que no tenía que tener miedo. Y no tenía miedo porque mamá lo decía. Por eso sonreía. Y mamá me dijo cómo cuidarme bien y cómo lavarme porque caminaría y lo necesitaría. ¡Seguro que sí!

1. Primera menstruación.

rehabilitación

Ojalá pudiera decir que simplemente me levanté y caminé, pero no fue tan fácil. En primer lugar, había gimnasia. Hay dos tipos: pasiva y activa. La pasiva es cuando mueven mis piernas y yo no hago nada. Herman me levantaba las piernas y al principio era doloroso, no demasiado, pero aun así porque perdían el hábito... Y el masaje... tenían que masajearme con fuerza para que no se estancara algo allí, no recuerdo qué. Todos los días, Herman me masajeaba, y papá también, pero mamá no porque era duro. Y entonces empezó la gimnasia activa...

"Estoy cansada. ¿Puedo quedarme en la silla de ruedas?". Estuve a punto de llorar, pero Herman intentó animarme.

"No puedes rendirte, amor", me susurró y me besó tan suave y delicadamente que me dio fuerzas. "Intentémoslo de nuevo, ¿vale?".

"No puedo seguir", gemí como una niña pequeña cuando ya no me quedaban fuerzas, pero mi prometido... ¡me sentía tan afortunada de tenerlo!

"Una vez más y luego te daré un masaje", me prometió, y siempre cumplía sus promesas.

Mis músculos se resistieron y me dolían tanto que lloré. Pero era muy necesario. Si no hubiera sido por Herman, me habría rendido, incluso mamá y papá no me habrían ayudado, supongo. De alguna manera encontró las palabras y me besó... Y una vez incluso me besó en los labios, y me sentí tan feliz...

Seguía siendo muy duro. Tardé unos tres meses en levantarme y dar el primer paso. Puede que las chicas sanas no lo entiendan, ¡pero fue *el primer paso*! El primerísimo, ¡y lo hice! Mi Herman me cogió de las manos y mi papá me cubrió las espaldas y yo... ¡lo hice! Puede que fuera un pequeño primer paso, ¡pero comprendí que caminaría! ¿Oís eso, gente? ¡Caminaría!

Y entonces, tuve que caminar hacia delante, pero ya sabía que podía, así que caminé. Paso a paso, cogida de la mano de mi prometido. Y mamá lloró cuando me vio caminar. Yo también lloré. Al principio, lloré de felicidad, por el hecho de que podía hacerlo. Después, por el cansancio, por el dolor, por el peso... Pero Herman me ayudó a caminar. De nuevo, intentaba calmarme, buscando las palabras adecuadas...

"Te quiero", le dije y casi me caigo.

Pero mi prometido me sostuvo. Y me ayudó a volver a caminar.

"Te quiero", respondió.

¡Y yo sabía que sí porque era mi Herman!

"Estoy tan contenta de tenerte", le confesé, y él me abrazó con fuerza, y yo me sentí feliz.

Aunque todavía me dolía andar, ¡estaba tan contenta! Por la noche, le dije a mamá que era muy, muy feliz porque tenía a Herman, a ella y a papá. Ella lloró y dijo que yo era el mayor milagro del mundo.

Todos los días tenía que andar un poco. El resto del tiempo permanecí en la silla de ruedas porque si hubiera caminado mucho, a mi corazón no le habría gustado, se me oscurecerían los ojos y me ahogaría. Las clases seguían con el oxígeno porque a papá no le gustaba cómo reaccionaba mi corazón. Pero Herman y yo creíamos que todo iría bien. Porque no podía ser de otra manera.

Y entonces, cumplí trece años. No podía creer que estuviera viva y que caminara. No mucho, ¡pero caminaba! Y eso era una felicidad indescriptible. Papá y mamá se tomaron unos días libres en el trabajo y nos excusaron del colegio (porque hay que pedir que te excusen del colegio, aunque te eduquen en casa) para que pudiéramos pasar una semana en Italia, donde había mar, mucha arena y el amable médico angelical que me salvó. Incluso caminé un poco para él, y sonreía tanto que me dieron ganas de llorar, y lloré, claro, porque a veces era una llorona, no tan a menudo como antes, pero era así y no quería hacer nada al respecto. Porque Herman me lo permitía, ¿verdad? Sentía que me había hecho mayor, pero, para mi prometido, estaba preparada para ser lo que él quisiera que fuese. Porque Herman era la persona más importante de mi vida. Al fin y al cabo, al permitirme ser su prometida, me salvó desde el principio, cuando tenía miedo de todo.

Papá y mamá se gastaron sus ahorros e incluso pidieron un préstamo para sacarme adelante. Fue... Fue un milagro, probablemente nunca había visto gente así. Y mamá me explicó que se puede dar la vuelta al cielo y a la tierra por el bien de los hijos. Y el dinero no importa, porque lo que importa soy yo... ¿Podría haber pensado hace tres años que yo sería importante?

"Vamos a nadar", me propuso Herman.

Aquel año hacía mucho calor en Italia, así que nos permitieron bañarnos.

"Sí, mi amor", le respondí porque era lo que sentía.

Me levanté de la silla de ruedas con esfuerzo y caminé lentamente a su lado hasta la franja de agua que salpicaba. Me costó caminar sobre la arena, pero pude hacerlo, y entonces el mar me abrazó las piernas. Y las manos de Herman abrazaron mi cintura. Y volví a ser feliz porque estaba con él...

Chapoteamos en el agua y no me sentí nada mal, pero luego no pude salir bien. Me dio mucho miedo y me meé encima, pero eso no se veía en el mar. Cuando tengo miedo me hago muy pequeña y cuando no, me hago muy grande. Pero entonces me asusté, había problemas y también lloré, y Herman... Me cogió en brazos. Le costó, me di cuenta, pero me llevó a la silla de ruedas y sonrió. Fue un milagro...

En la clínica, el Dr. Marconi me dijo que era buena y que me iría bien, que solo tenía que volver cada año. Fue una gran alegría: estaba bien porque el médico, que era como un ángel para todos los que eran como yo, lo decían. Entonces vi en el pasillo a una niña en silla de ruedas. Parecía muy confusa. Su madre estaba a su lado y la acariciaba. Cuando ves ese tipo de ternura, seguro que se trata de una buena madre. La niña estaba casi llorando, así que me acerqué a ella en mi silla de ruedas y me bajé de ella para sentarme a su lado.

"No tengas miedo", le dije a esta chica nueva, "el médico es un ángel, te ayudará".

"Lo creo", respondió ella.

Mi madre le habló a su madre de mí. Y había sonrisas en las caras de todos. Porque eso era la felicidad.

Volvimos a Alemania y casi inmediatamente papá recibió una carta. La leyó y luego me dijo que habría una sorpresa. Me encantaban las sorpresas y también ser pequeña. A veces pensaba que sería así para siempre, pero Herman me dijo que no debía pensar en ello, porque todo llegaría a su debido tiempo. Ahora no pienso en ello porque me siento muy bien. Todavía me cuesta andar, mucho, debería decir, pero mi padre me dijo que no sobrecargara mi corazón y... ¡ups! El médico me dijo que algún día tenía que tener un bebé. ¡Podré hacerlo! Estaba muy contenta, y pensé que él comprendía mi felicidad.

A propósito de la sorpresa. Una mañana, subimos al coche de mi madre y nos fuimos a un lugar lejano. No pregunté dónde porque era una sorpresa. No podía preguntar, porque si no la sorpresa se estropearía y papá se enfadaría. No puedo enfadar a papá, no puedo enfadar a mamá y no puedo enfadar en absoluto a Herman. Así que nos pusimos en camino, y yo lo estaba deseando. Cualquier sorpresa de mis padres y de Herman era una alegría... No debí haber pensado en el cinturón, Herman me lo prohibió, me dijo: "Ni se te ocurra". En ese momento, debí acostumbrarme al hecho de que yo era muy importante y no me pegarían, porque a los que se quiere tanto no se les pega. Aunque sea un castigo... Papá dijo que no había nada por lo que castigarme, y mamá se limitó a acariciarme.

Estábamos montando a caballo y yo me acurrucaba junto a Herman. A causa de los ejercicios, a veces tenía calambres en las piernas, me dolía, y a veces me costaba respirar, así que teníamos un concentrador portátil para eso. Por cierto, me resultaba más fácil pronunciar las palabras difíciles, y ya no las olvidaba como antes. Esto hizo muy felices a mis padres y a Herman. Papá hizo algo para que yo fuera legalmente su hija, pero después, Herman y yo aún podíamos casarnos si... si él quiere. Cuando pienso que tal vez no quiera, lloro. Papá me vio llorar e incluso me preguntó por ello, y luego me regañó y me pidió que confiara en mi prometido. Se lo prometí porque era Herman.

Llegamos a un pueblo y nos registramos en un hotel

para darme de comer y luego a dormir. Por mi culpa, papá conducía despacio porque podía marearme. Mientras otros recorrían esta distancia en tres horas, a nosotros nos llevó casi todo el día, pero ya no pensaba que estaba loca o equivocada porque yo era especial para papá y mamá. Y con Herman, yo era la mejor, él mismo lo decía. Y mi prometido... Es mi vida, mi alma, y sin él, no existiría Rie.

Nos quedamos en el hotel, comimos y nos fuimos a la cama. Me preguntaba qué sorpresa me tendría preparada papá. Herman se tumbó a mi lado y me dijo lo buena que era, lo mucho que me quería, y entonces yo le dije que él era mi... todo. Todo en el mundo. Nos abrazamos e incluso nos besamos. De una forma adulta, ¡mi prometido me enseñó! Yo solo flotaba en ternura porque era él. Y yo... Estábamos juntos para siempre, eso dijo Herman, ¿y cómo no creerle?

La mañana empezó como lo harían todas las mañanas normales: primero, el aseo, que era importante porque podía no aguantar a causa de la tensión, gimnasia, masaje, las pastillas antes del desayuno, el desayuno, las pastillas después del desayuno, gimnasia otra vez, un paseíto, masaje, ducha, y... Y nos fuimos por nuestra sorpresa. Durante todo el camino, papá me estuvo convenciendo de que no me preocupara demasiado porque eso podría no hacerle bien a mi corazón. Le dije que lo intentaría con todas mis fuerzas.

Llegamos a una casa normal con una señora sonriente en la puerta. Vio cómo me sacaban y me trasladaban porque no podía hacerlo yo sola inmediatamente después del coche: Primero tenían que darme un masaje y luego podía andar un poco. Pero papá dijo que estábamos de visita, así que no había necesidad de torturarme. Por alguna razón, Herman empezó a convencerme para que aceptara el oxígeno, y acepté. Era extraño: Nunca discutía con él porque era obediente, pero aquel día, por alguna razón, me puse nerviosa. Probablemente por la sorpresa.

Me acercaron a la mujer y nos conocimos. Papá sonreía con tanta astucia que me hizo sentir incómodo.

"Gabriela Schmidt, Herman Stiller", dijo papá, señalándonos.

Pude ver que la mujer estaba muy sorprendida. Sus ojos se hicieron grandes y redondos, como los ojos de un búho, tal vez.

"Niños, dejad que os presente", sonrió mamá, "Annemarie von Krzysztof".

Casi me atraganto de asombro, pero el concentrador

me lo impidió. Era la señora que escribió los libros sobre el niño maltratado[1]. Todos entramos en la casa y yo me puse a su lado y le pedí permiso para tocarla. La señorita Anne (así me pidió que la llamara) dijo que estaba escribiendo una historia sobre un chico, pero que no sabía cómo nos habíamos enterado porque nadie había visto el libro todavía.

Le hablé de la niña a la que no querían. Le describí la historia de la vida de Mariana y todos lloraron, incluso Herman, que me estrechó contra él. La señorita Anne dijo que no sabía lo malo que era que no te quisieran. Entonces papá recordó cómo me había asustado el nombre de Schmidt, y todos rieron alegremente. Hablamos durante largo rato. Herman y yo hablamos de lo duro que había sido para mí al principio, y de lo feliz que me había hecho no ser una bruja. Entonces, la señora se puso seria y me preguntó si el cuento era realmente tan espantoso. Y yo... lloré. Porque yo aceptaría tener tanto a Fenke como a Lindworm siempre que hubiera papá y mamá, e incluso me conformaría con Fafnir para Herman. La señora dijo que intentaría que el amor fuera real.

Fue una sorpresa de mi padre. Debió de tranquilizarme por completo. No había lugar en el mundo para las aventuras de Willy, seguía siendo un cuento de hadas. Unos años más tarde, recibí por correo un libro con una carta de la señorita Anna, aunque ya nos habíamos carteado y conocido antes. Me deseaba felicidad, y yo le dije que ya era feliz porque tenía una familia y la persona más importante de mi vida era mi Herman.

1. El libro, los personajes y el nombre de la protagonista son producto de la imaginación del autor.

PUEDE QUE LAS PÁGINAS DE ESTE LIBRO HAYAN LLEGADO A SU fin, pero el viaje de Gabriela y Herman no ha hecho más que empezar. Cuando Gabriela dio valientemente su primer paso fuera de la silla de ruedas, redescubrió no solo el mundo que la rodeaba, sino también los límites de sus propias posibilidades. Ese pequeño pero poderoso momento marcó el inicio de su verdadero viaje.

Gabriela ha aprendido a vivir con su enfermedad, no como una carga, sino como una parte de sí misma que la hace única. Ha aprendido a ver los retos que presenta no como obstáculos, sino como oportunidades para crecer y evolucionar. La enfermedad la acompañará toda su vida, pero ha dejado de ser una fuente de limitación para ella. En su lugar, se ha convertido en una compañera constante que le enseña a ver la vida con resiliencia y esperanza.

Continúa siendo emocionante seguir la historia de la mayoría de edad de Gabriela. Seguro que cada capítulo de su vida estará lleno de lecciones sobre el valor, el amor y la fuerza inquebrantable del espíritu humano. Aunque este libro se cierra ahora, la historia de su vida sigue siendo una narración que continuará inspirando como objeto de admiración.

Dejamos aquí a Gabriela con la certeza de que está preparada para continuar su viaje, un viaje que sin duda estará marcado por muchas otras historias. Historias que tal vez serán contadas algún día, cuando ella esté preparada para invitarnos de nuevo a su vida. Mientras tanto, le deseamos la mejor de las suertes en este viaje tan importante. La historia termina aquí, pero el eco de sus pasos seguirá resonando en los corazones de quienes la han acompañado.

www.ingramcontent.com/pod-product-compliance
Lightning Source LLC
Chambersburg PA
CBHW020611160726
47991CB00002BA/725